U0933968

舒文 著

朝夕

江苏人民出版社

图书在版编目(CIP)数据

朝夕 / 陈昌孝著. —南京 : 江苏人民出版社,
2020.9

ISBN 978 - 7 - 214 - 25504 - 4

Ⅰ. ①朝… Ⅱ. ①陈… Ⅲ. 散文集-中国-当代
Ⅳ. ①I267

中国版本图书馆 CIP 数据核字(2020)第 168868 号

书　　名	朝夕
著　　者	陈昌孝
责任编辑	许尔兵
出版发行	江苏人民出版社
出版社地址	南京市湖南路 1 号 A 楼　邮编:210009
出版社网址	http://www.jspph.com
印　　刷	武汉市卓源印务有限公司
开　　本	880×1230　毫米　1/32
印　　张	7.25
字　　数	180 千字
版　　次	2020 年 9 月第 1 版　2020 年 9 月第 1 次印刷
标准书号	ISBN 978 - 7 - 214 - 25504 - 4
定　　价	68.00 元

(江苏人民出版社图书凡印装错误可向承印厂调换)

读《论语》正当时

“天不生仲尼,万古如长夜”。回望中华文明的千年来路,一个高峰依然耀眼,无法超越,那就是孔子。孔子之前数千年的文化,赖孔子而传承,孔子之后数千年的文化,赖孔子而开来。鲁迅先生曾说,要论中国人,必须不被搽在表面的脂粉所诓骗,却看看他的筋骨和脊梁。自信力的有无,状元宰相的文章不足为据,要自己去看地底下。我想,这个“筋骨”“脊梁”中最有力量的那部分,非孔门之学莫属。

走得再远,都不能忘了从哪里来,只有搞清楚从哪里来,才知道要到哪里去。今天,重视儒家学说,学习孔门经典,成为自上而下的共识共为。但要真正读懂孔子,学通儒学,必须回到源头,正本清源。读《论语》,走进《论语》,也显得十分重要而迫切。

作为孔子的后人,我十分注重儒家文化特别是《论语》的学习和宣传,也可喜地看到《论语》在青年一代中有了越来越多的“粉丝”,这其中就有我的弟子陈昌孝博士。当他把这本研习《论语》的新作《朝夕》放在我面前的时候，我认真读完。除了感念他长久以来对孔门学说的虔信，更感动于他以自己的努力发掘儒家思想精髓与现代社会相结合的热诚与担当。当陈博士为其当面属序，我欣然接受，并为新作题写了书名。

读《论语》要在一个"读"字。再好的书也是需要人读的，没人读就没有生命力，经典也不例外。《论语》是古文，虽然只有一万多字，但真正读懂读透却不是那么容易的事。本书借鉴"经史合参"的办法，通过历史故事来解释古文元典，使我们能了解某一句话、某一个故事发生在什么时候、什么情境下，全面深刻理解掌握原文。对一些有争议的语句，综合各家之言，更能体现经典的原来本意，给人以更多启迪。

读《论语》贵在一个"我"字，本书如其说是作者对读者的寄望，不如说是作者对"自己"的寄望和修为。《论语》开篇首句"学而时习之，不亦说乎"，书中把这句话解为《论语》全书最重要的一句话，也道出了学习《论语》的"不二法门"。那就是必须在学习中切己体察，边学习边思考边实践，新作取名《朝夕》，也就是要把其中的道理落实为自己的日用平常和一举一动，读出一个温暖正气的大写的"人"来。

读《论语》重在一个"悟"字。读经典的意义在于感悟其中的境界情怀和智慧典范，书中从为学、做人和治事等不同侧面，把《论语》中蕴含的古老意蕴融汇于现实的语境中。让"学而时习""仁者爱人""己所不欲勿施于人""君子忧道不忧贫""君子不器""朝闻道，夕死可矣"等响彻千古的句子，跨越数千年，让孔子的语言在今天点亮实践，在新的时代落地生根、开花结果。

清人冯班曾说:“赵普用半部论语治天下,大是会读书。如吾所见,只一二句便终身受用不尽。”能将《论语》一二句的精神,实践于日常生活,便可以终身受用不尽;若用于施政,则可以造福一方。

今天,我们一起读《论语》,正当其时!

2020.9

进一步得一步的欢喜

进一步得一步的欢喜 …………………………………………… (3)
修身的三面镜子 ………………………………………………… (6)
什么才是真学问 ………………………………………………… (9)
行走在“既”“又”之间 ………………………………………… (12)
好学的样子 ……………………………………………………… (15)
人该琢磨点啥 …………………………………………………… (18)
生命本来“思无邪” …………………………………………… (21)
怎样才是靠谱的人生 …………………………………………… (24)
走得再远也要常回家看看 ……………………………………… (27)
“孝”的四重境界 ……………………………………………… (30)
君子的“人设” ………………………………………………… (34)

人而无信不知其可也 …………………………………… (38)
格局在为与不为之间 …………………………………… (42)
君子不能是个“东西” …………………………………… (46)
君子不求有“好报” ……………………………………… (52)
“蠢猪式的仁义道德”却是贵族精神 ……………………… (55)
打好底色再谈成长 ……………………………………… (59)
学习需要眼力、脚力、笔力、心力 ………………………… (63)
心在哪里,哪里就会开花 ………………………………… (67)
蝲蝲蛄叫就不种庄稼? ………………………………… (71)
做个正常的人就好 ……………………………………… (74)
没有大格局何来大气象 ………………………………… (77)
心安便是美好 …………………………………………… (81)
红尘多纷扰　修好一颗心 ……………………………… (85)
立志做好自己 …………………………………………… (89)
不能把赚钱当成信仰 …………………………………… (93)

把生活过成理想的样子

不抱怨是大智慧 ………………………………………… (99)
巧言令色,鲜矣仁! …………………………………… (102)
把生活过成理想的样子 ………………………………… (105)
什么阻塞了我们的智慧 ………………………………… (108)

我们该重视的因果 …………………………………………（111）
心宽者无界 ……………………………………………………（114）
儒家的“二人世界”……………………………………………（117）
温故知新的智慧 ……………………………………………（120）
宽容与底线 ……………………………………………………（123）
文化的承继与批判 …………………………………………（127）
不要“礼教”但要“礼仪”……………………………………（130）
体用一如才是真“礼” ……………………………………（134）
文化的左边是武化，文化的右边是奴化 …………（138）
文化是人生成长的土壤 …………………………………（145）
形式的东西都是坏的吗？ ………………………………（149）
文化是温暖的传递 …………………………………………（152）
内心的信仰更重要 …………………………………………（155）
别让利，害了我的娃！ ……………………………………（159）

带队伍的学问

带队伍的学问 ………………………………………………（165）
道德的力量不能丢 …………………………………………（169）
再谈道德的力量 ……………………………………………（173）
法治和德治都不能少 ………………………………………（176）
真勇敢是直面自己 …………………………………………（179）

孔夫子的升官之道 …………………………………………（182）

孔夫子的用人之道 …………………………………………（185）

孔夫子的为官之道 …………………………………………（189）

为官者当持守善良 …………………………………………（193）

没有道德谈什么政治 ………………………………………（197）

中国人的皇帝情结 …………………………………………（200）

心诚,则灵! ………………………………………………（204）

做好人再做好官 ……………………………………………（208）

把下属当老师 ………………………………………………（212）

致初心——代后记 ………………………………………（216）

进一步得一步的欢喜

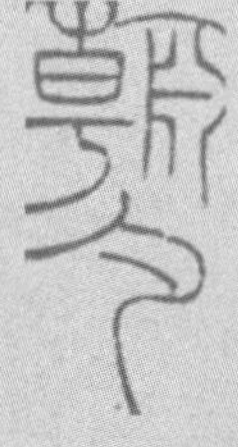

进一步得一步的欢喜

《六祖坛经》中有这样的记载：无尽藏尼对六祖惠能说："我研读《涅槃经》多年，仍有许多不解之处，希望能得到指教。"惠能对她说："我不识字，请你把经读给我听，这样我或许可以帮你解决一些问题。"无尽藏尼笑着说："你连字都不识，怎谈得上解经呢？"惠能手指天上的明月对她说道："真理好比这天上的明月，文字只是指月的手指，手指可以指出明月的所在，但手指并不就是明月，看月也不一定必须透过手指，不是这样吗？"

子曰："学而时习之，不亦说乎？"这是《论语》开篇第一句，也是大家最为熟知的句子。华杉老师说，要学好《论语》首先要在这第一句上下足功夫，用心体察。学，觉也、效也。就是效法、模仿的意思。其实，这是"为什么学"的问题。现在经常听到有人说，要学习中国传统文化，提升国学素养，丰富思想内涵等。但是，如果仅仅为了这样的目的，可能学习的效果会打折扣。就像吃饭夹菜一样，如果压根就不想吃那个菜，夹那么多菜堆面前干什么，最后连自己真正想要吃的饭菜都找不着了。因为，无论是《论语》还是《道德经》，或者其他传统文化书籍，里面无非是写着些并不新鲜的道理。就如黑格尔说的:孔子只注重道德,或者说是一些善良的、老练的道德教训。

从小就听到的“书山有路,学海无涯”,这句话来自庄子“吾生也有涯,而知也无涯,以有涯随无涯,殆已”。就是说这个世界上知识是无限的,而人的生命是有限的,你以有限的生命去追求无限的知识,殆已,就会把自己搞死。有点数学常识的都知道,真要这么干就是没脑子。那应该怎么办呢?其实,学习重在切记体察,这一点对于优秀传统文化尤其如此,要对着先贤的要求认认真真去实践,这样才是真的学习,才真的有所收获。正如程子所言:读《论语》,未读时是此等人,读了后又只是此等人,便是不曾读。孔门论学,虽然范围很广,但离不开内心修养和人格完成两个方面。学《论语》,就是要效法他,照着做。释迦牟尼在圆寂之前曾说:吾四十九年住世,未曾说一字。在最后,他为了不让弟子们把他讲的经典当成佛道的根本,便告诉大家那是“道”的一个相,叫“文字相”,他是想让弟子们透过文字,契入自己内心的道。这便是心法。

学重在“时习”。这个“时”有三种解释。一是指年岁。古人六岁开始识字,七八岁学习日常洒扫应对的礼节,十岁开始学书写计算,如此递进,时习指的是随着年岁的增长而学习不同的东西;二是指季节,古人春夏秋冬所学的是不一样的内容;三是指一天之内,每天按照不同的时辰学习不同的内容。其实无论是哪种解释,所表达的大体意思都是一样的,都是指不同的时机。“习”的意思要看繁体字,上面是羽,下面是白。习,鸟数飞也。就是小鸟学习飞行,反复练习,终于飞起来了。

学习传统文化,要日复一日,年复一年,始终反复照着做。每学到悟到一个道理,就照着圣人说的去做,在实践中发现果然是这样,那就是发自内心的开心。也就是“悦”,心中欣喜的感觉。所以,在学的过程中,既要讲求逐字逐句的思考,更要讲求一言一行的行动。比如,今天你学《论语》中的“父母在不远游,游必有方”后,体悟到孝敬的道理,就给远方的父母打了个电话,真心诚意地跟父母聊聊天拉拉家常,发现父母很高兴,挂了电话后,内心感到很快乐。就会感觉《论语》的价值和意义。

因此,“学而时习之”这句话就奠定了我们学习的基础,“学”然后“时习”,让夫子的话在我们的行动中去变为现实,学一句,做一句,进一步,然后得一步的欢喜。

修身的三面镜子

《群书治要》记载，有个太守奉公尽节，说话做事从来不受私情左右，有人就问他：你也有私心吗？他说：过去有个人，曾送给我一匹千里马，我没有接受，但是每到举荐官员的时候，我心里总会对这个人念念不忘，虽然也没有任用他，但有这样的想法，说明我也是有私心的。这就是古人的反省之功。

曾子曰："吾日三省吾身，为人谋而不忠乎？与朋友交而不信乎？传不习乎？"曾子名叫曾参，是孔子的弟子，比孔子小46岁，孔子在《论语》里面说过"参也鲁"，说明曾子天资不高，属于比较老实、笨拙的学生，不太爱说话。但就是这个老实巴交的弟子，后来传了孔门道统，是最有成就、最受崇敬的儒家人物之一，四书里面的《大学》就是他写的。他是孔子孙子子思的老师，孟子又是子思的学生，说明曾子这一脉得了孔子的真传。"反省是面镜子，它将我们的错误清楚地照出来，使我们有改正的机会"。

要问中国古代谁最足智多谋，大家一定会说诸葛亮，但真实的历史中司马懿比诸葛亮厉害多了。电视剧《军事联盟》里面，司马懿这个角色能成功，似乎主要靠的是比别人能忍，但编剧还给了他另一个过人之处,那就是非常懂得反省自己。毛主席说他是靠总结经验吃饭的。反省就是最好的总结。反观我们身边那些成天抱怨别人的,多半是不成功的。因为,往往越是层次高的人越是向内求,越是层次低的人越是向外求。无能的人总是盯着别人的错误,聊以自慰。

按照钱穆先生的说法,曾子这句话是在他晚年所说,应是其毕生修为的总结之语。为我们修身树了"三面镜子":谋忠、友信、传习。读《论语》,曾子给我们提供了践行的方法,就像每天上班前要对着镜子梳头一样,每天对照圣贤之道反省自己。

一省:为人谋而不忠乎?"忠"字,一个"中"一个"心",主要是指心,上心了就是"忠",不上心就是"不忠"。这一省就是答应别人的事,是不是尽心了。军人誓词里面有忠于祖国忠于人民,就是要竭尽全力报效国家,脑子里始终有使命,肩膀上始终有责任。这是为人谋而忠的生动写照。反思我们,很多时候答应别人的事只是随口应承一下,有口无心,一转眼就抛到脑后,直到别人问起的时候,才应付一下,这就是没上心,为人谋而不忠。但我们给父母说的事,不管是很小的事还是很麻烦的事,他们都会当成十分重要的事,生怕没办好。因为父母始终把我们放在最重要的位置。

所以,实心办事的人是难得的,无论用人还是交友,这样的人都值得看重和珍惜。

二省:与朋友交而不信乎?"忠"讲的是心,"信"主要是说的话。人言为信,说话算数的意思。和朋友交往要说话算数,所说的话、所做的承诺都能事后践行。

托付别人办事,除了鼓足勇气开口外,还有一份信任和期待,如果迟迟得不到回复会十分着急,被别人敷衍也会失望。记得我上初中的时候,想要在县城的书店买一本词典,跟父亲的朋友说了,然后心心念念盼着他去县城办事、盼着他来我们家,但每次他都忘了,那种失落的心情至今还记得。我们在与人交往中,有时候你随口给朋友说了一件事,可能自己都忘了,一段时间后朋友给你办妥了,心里第一个冒出来的感受就是这朋友靠谱、可信。

言而有信是一种素养,言而无信是一种伤害。

三省:传不习乎?这句有两种说法:一个说老师交的,你都温习、练习了吗?还有一个是传授于人的,是不是日常勤习的呢?

如果这句是曾子晚年说的话,第二种说法更贴切。也就是自己反省自己所传之道,是不是真信真做了。

这一问,足以让很多人汗颜。有多少人"口言善,身行恶",又有多少人自己说的自己都不信。如果一个老师自己"传而不习",那必然不能言传身教,这种"以其昏昏,使人昭昭"的扭曲如何让学生信服?如果一个领导言行不一,做"两面人",哪里有威信可言?

做我说的,说我做的,做一个率真的人。

这便是曾子留给我们的修身"三面镜子",我们不妨时常照一照。

什么才是真学问

什么叫学问？南怀瑾老师有过这样的论述：一字不识的人，他做人做得对，做事做得对，这就是真学问。学学问问，问问学学，学问以人格行为为基础。所以中国几千年来的教育，有一个共同的目的，就是养成完美的人格，以人格教育为第一，这才是学问的道理。然而，前些年北京大学钱理群教授用"精致的利己主义者"戳穿不少"精英"的"画皮"，突然发现有些人所说的"学问"还真的不能叫作"学问"。

子夏曰：贤贤易色，事父母能竭其力，事君能致其身，与朋友交言而有信，虽曰未学，吾必谓之学矣。

子夏是孔子的学生，叫卜商，也是孔子晚年的弟子。"贤贤易色"有两种解释：一种是把"易"解释为"移"，替换的意思，就是把对美色这样本能的喜爱，替换为对贤德的分明的爱；第二种是把"易"解释为平易，不重视。选择自己的妻子重贤德，而不重视美貌。因为下文是讲对父母、对君王、对朋友，都是讲人伦，所以第一句先讲妻子，比较合理，由近及远、层层递进，符合儒家的内圣外王之道。后面几句的解释也比较简单，"侍奉父母能竭尽全力，事奉君上能奉身尽职，与朋友交往能诚实守信。

这样的人,纵使他自谦没有系统学习过,没有什么学问,我一定说他已经有学问了。”

子夏的这句话道理上是对老师说过的话的重述,从字面上没有什么新意,但能体悟到的是孔门所讲的“学问”,是德行优于知识,行为先于言语。孔子反复告诫弟子不要急着读书学习,而要注重从生活实践中,从做人做事中体悟人伦大本,读懂日用常行。人伦品格是本、是厚,读书学习是末、是薄。读懂了人伦品格,即是真学问。

习主席在寄语老师的时候说:教师不能只做传授书本知识的教书匠,而要成为塑造学生品格、品行、品位的“大先生”。这是对老师的要求,不仅要教书本上东西,更要教书本以外的东西。书本上的东西考试会考,而书本以外的东西考试可能不一定考,但却是面对未来生活的真切依靠。若自以为读了很多书,却不在那些平常日用的基本道德实践上下功夫,那也不过是个只有知识的浅薄之人,就如钱理群教授说的“精致的利己主义者”,有知识没智慧,有技术没品格,一样走不好人生之路。

孔子就像一个质朴的老人,从历史深处走来,平静而温暖,淡然而坚毅,总是用那些我们每天都能见到的人、每天都能遇到的事和每天都会说的话,把人与自己、人与他人、人与自然、人与历史、人与未来的关系讲得那么实实在在,把人性最底层的那些隽永的意味一层层抠剥出来,认认真真排列在我们面前,让人在充满温情的日子里触摸生命最本来的真实。人生之路对于每个人都有茫然,都想“摸着石头过河”,而老人家那些人伦大本的真学问也许就是我们该把握和依靠的“石头”。

曾反复翻看倪萍老师的《姥姥语录》，与其说看的是倪家姥姥的故事，不如说在书中寻找自己外婆的心迹。我们每个人身边都有这样一个睿智的老人，就如我外婆一样，虽然贫穷让她无法亲近书本，但人生的大书和传统的浸染却启迪着她的智慧，这些智慧支撑着她把后辈们一个一个领向开着鲜花的正道、大道，这难道不是真的学问吗？

行走在“既”“又”之间

《论语》里提到一个叫微生高的人,他以耿直著名,但这个人被淹死了。话说某日他与一女子约会于桥下,结果女子还没来,下大雨,大水冲来了。但微生高为了守信,坚持在桥下等那女子,水涨上来后,宁可抱着桥柱,也不肯走。后来大水就把他给淹死了。宁愿淹死,他也不走。所以当时的人都对微生高挺赞叹的,认为他真正是守信的好榜样,以为信就应该是这样。今天看来是不是觉得这个微生高脑子有问题?但这样是不是叫“言必信行必果”呢?孔子说,是的!

有子说:信近于义,言可复也。恭近于礼,远耻辱也。因不失其亲,亦可宗也。这句还是孔子弟子有若的话,总感觉《论语》里有若没完全学明白,虽然道理说得都不错,符合老师讲的,但要么绕来绕去,要么晦涩难解。据说有若长得与孔子很像,孔子死后,孔门弟子一度想推举他为“师”,他的语言风格上也紧跟老师的步伐,却总给人感觉还是差火候呢。“信近于义,言可复也。恭近于礼,远耻辱也。”就是说“讲信用还要适宜、合理,才能履行承诺;讲恭敬还要符合礼节,才能免遭耻辱”。

但“因不失其亲，亦可宗也”。有点费解，“因”有的说是依靠、有的说是损益，“亲”有的解为亲族、有的解为可亲、还有得解为新，“宗”有的认为是宗主、有的认为是主旨、还有的认为是依靠，由此就衍生出好几种说法。总结起来有两类：一类是所依靠的人还要是自己的亲族或靠得住的人；另一类是对于所学之道，要与时俱进，损益以时，可以作为行事的遵循。第一种解释较为常见，第二种解释很有新意，都可以拿来参考。在这里还是随个大流，采用第一种。

这三句话是高超的“做人哲学”，延续了上一节的套路和节奏，既要怎样又要怎样，不左不右、不偏不倚。孔子所坚持的核心方法论——中庸之道。有子在这一点上反倒还深得真传，难怪历代帝王对有子推崇有加、不断封官，唐开元二十七年追封“卞伯”，宋大中祥符二年加封“平阴侯”，明嘉靖九年改称“先贤有子”。

“信近于义，言可复也”。这里有两层意思：第一，答应别人的事必须是可以办得到的，“言可复”就是“说的”和“做的”一样。所以实现承诺，关键在许诺之后，更在许诺之前。反过来，轻诺必然寡信，“巧言令色、满嘴跑火车的，一般都不靠谱”。第二，答应别人的事要符合道义。比如前面说的那个微生高，被水淹死了还不走，显然不对。所以孔子在后面谈“士”的时候说“言必信，行必果，硁硁然小人哉！”原来我们所一直尊崇的“言必信行必果”是说“小人”的，“三观”毁尽。孔子认为，“人而无信，不知其可也”，信不能没有，但信有大小。“大人者，言不必信，行不必果，惟义所在”，这是大信。小信是什么呢？是“谅”，“匹夫匹妇之谅也”，也就是说过的不管怎样都要做到，一个“必”字与佛教的“执”靠的很近了，微生高当属此类。

恭近于礼，远耻辱也。对人当然恭敬，但必须合乎礼节。不能过了，过犹不及，就成了“谄媚”，轻贱了自己，也难为了别人。比如，让孩子们见到老师喊声“老师好”没问题，鞠个躬也能接受，但如果现在还要求磕个头，那就整个人都不好了。所以施敬于人，要斟酌恰当。后面孔子还有句话“事君数，斯辱矣，朋友数，斯疏矣”。不经世故，哪能有此感悟，不读论语，哪能通此世故。

因不失其亲，亦可宗也。选择可依靠的人、亲近的人，才能托付。有情有义，相互真诚，彼此信任，靠得住。不能利益苟且，翻脸比翻书还快。虽然好像是十分浅显的道理，殊不知“不怕神一样的对手，就怕猪一样的队友”，没有遇到过“猪”，真不知道“蠢”比“笨”可怕多了。所以选择朋友、选择伙伴，一定是重质不重量，一个靠得住的人，让你永远有厚重的依托，一个不靠谱的人，足以让你心中有一万个神兽飘来飘去。

也许你说夫子圆滑，但人性复杂、人生不易，不立既又之间，难以行稳致远。

好学的样子

朋友分享了一篇纪念奶奶的文章,他说在他小时候,老家沂蒙山区的农村,兄弟几个长大了成家后都要分家,经常为了一个碗、一口锅吵得面红耳赤、不可开交,甚至会大打出手。奶奶却跟孩子们说“学问学到肚子里分家时,谁也分不走”,这句朴素的道理成为他一路求学上进的思想支撑。后来他们家兄弟四个都考上大学,两个博士,两个硕士,在外打拼成就了自己的事业,原来学问如此神奇。

子曰:君子食无求饱,居无求安,敏于事而慎于言,就有道而正焉,可谓好学也已。这句话不用翻译,意思浅显易懂:君子不要在乎吃住,要多做事少说话,向有道之人学习,自觉匡正自己,这就是好学了。怎么和父母跟我们唠叨的一模一样的。这里孔子提出了好学的四个特征和学问的三个路径。四个特征是:“食无求饱”“居无求安”“敏于事而慎于言”“就有道而正”。三个路径是:向书本学、在实践中学、向朋友和身边的人学。

“食无求饱”“居无求安”“敏于事而慎于言”。孔子最喜欢的弟子是颜回,去过曲阜都知道,孔庙不远处就是颜庙。鲁哀公问孔子:“你的学生中谁是最好学的呢?”孔子说“有颜回者好学,不迁怒,不贰过,不幸短命死矣,今也则亡”。在他的弟子里面除了颜回,就没有人能称得上好学了。那颜回的好学是怎么样的呢?孔子说:“一箪食,一瓢饮,在陋巷,人不堪其忧,回也不改其乐。”“吾与回言终日,不违如愚。退而省其私,亦足以发,回也不愚。”颜回虽然很清贫,但很快乐,虽然嘴上话不多,但心里啥都明白。这就把孔子所说的好学的要求鲜活地实践了,后世把颜回与老师的快乐并称“孔颜之乐”。

如何“就有道而正”?还是华杉老师在他的书里反复说的,读书之病在于有胜心。就如杜牧在注《孙子兵法》时,就是从始至终要胜过曹操的注解,每每第一句就是“曹说非也”。杜牧是个文人,喜欢标新立异,注兵法不是为了打仗,更多的是想搞点与前人不一样的东西,特别是挑出“大V”曹操的错来,胜过曹操比较有学习的成就感和快感。其实,这样不但没有学到兵法,每一句“曹说非也”的后面,必然有一句别人的“杜说非也”。读书的关键是思考,在读书过程中的思考才是真正的收获。就算作者真的错了,那么“错误的意见不管多么荒谬,至少让我们知道了别人看问题的角度。”

现代生活中,好学该是什么样子呢?网上有这样一个故事:前几天,约了个老朋友吃饭。她没车,所以只好我穿过大半个北京城去见她。因为堵车,一个小时的车程,开了整整两个半小时,午饭直接变成了下午茶。等人,是一件多烦的事儿,等过的人都懂。特别是在餐厅,一个人傻坐着,迎接你的是各种鄙视的目光。换做别人,手机可能都玩没电了。可人家倒好,我急急忙忙冲进餐厅的时候,她正坐在那儿认真看书,还拿着笔写写画画,看见我,把书一合,微微一笑,说了三个字:你来啦。她就这样走到哪都带着一本书,出差的时候我买一箱子衣服,她买了半箱子书。但结果是她看上去和我一样,我却永远追不上,见识总是比我多一点,视野总是比我宽一点。有这么个朋友,让人“悲喜交加”。喜的是,她能鞭策你;悲的是,她一直在鞭策你。也许这就是好学的状态。

好学的状态,始终如一,安心求道,别无他图。

人该琢磨点啥

东郭子惠曾经问子贡："夫子之门，何杂也？"夫子的门生怎么这么杂呀，孔子弟子三千，七十二贤。七十二贤中，有鲁人、卫人、吴人、陈人、齐人、宋人、蔡人等，而且这些学生年龄各异，天资不一，职业多样。子贡回答说："隐括之旁多枉木，良医之门多病者，砥砺之旁多顽钝。夫子修道以俟天下，是以来者不止也。"隐括是矫正树木弯曲的器具，良医门前病人才多，磨刀石旁皆钝器。而夫子修道授业解惑，循循善诱、谆谆善导，而且有教无类，自然来的人就多啊。好一个伶牙俐齿的端木赐。

子贡曰：贫而无谄，富而无骄，何如？子曰：可也。未若贫而乐，富而好礼者也。子贡曰：诗云："如切如磋，如琢如磨"，其斯之谓与？子曰：赐也！始可与言《诗》已矣！告诸往而知来者。这是一个情景剧。子贡说：贫穷但不谄媚，富贵但不骄纵，这种人的修为牛不？孔子说：嗯，不简单。但不如安贫乐道，富贵好礼的人。子贡接着问道：这（贫而乐道，富而好礼）是不是就是诗经上说的能够自己切磋琢磨呢？孔子欣慰地说：端木赐啊，你已经开始能和我一起讨论诗了，可以举一反三、触类旁通了啊。端木赐被老师这么一夸，脸上不好意思，心里却乐开花了。

孔子为什么要表扬子贡呢？子贡在与老师的对话中一直在思考，老师平时讲的都在他脑子里，这种师生交流中的融合贯通、发散酝酿让老师很欣慰，也是每个老师都梦寐以求的教学相长。子贡完全体会到了诗经中那句“如切如磋，如琢如磨”的境界，这句诗在他的脑子里面活起来了，“像玉工一样慢慢而耐心地摩挲着手中的玉石，一点点驯化成温润的美玉”的过程是如此的美妙而精微。舞者驯化自己的身体而成就优美的形态，武士驯化手中的宝剑而成就剑人合一，赛车手驯化自己的坐骑而成就随心而动，高贵者驯化自己的心灵而成就美丽的人格。

把生活过得跟诗一样，用心聆听自己的内心，最终“随心所欲而不逾矩”。生而为人，境界各异。关键就看你琢磨的是什么？孔子说“古之学者为己，今之学者为人。”“学之为己”重在琢磨自己，“学之为人”重在琢磨别人。但在自己与他人之间应该还有个层面，那就是物，自古我们这个民族琢磨自己和他人的都不少，唯独琢磨物的人不多。琢磨自己多了就有了心性之学，宋明理学概属此类；琢磨他人多了就有了权谋之术，书架上一部《天下无谋》足足十卷还是九牛一毛；琢磨物的人少了就让科学技术成为软肋，至今还不过硬。

回到原文，也可用这“三个琢磨”来解释。子贡所言停留在第二个层面，眼里看到的穷与富。“人穷志短，马瘦毛长”“贫贱夫妻百事哀”，贫穷不仅能限制人的想象，还能磨灭你的志向。子贡说“富而无骄”是对土豪的蔑视，就像今天的富二代瞧不起富一代一样。而且，他自己就是富贵者，但他既腰缠万贯，又学富五车，富贵而知礼，时刻提醒自己不要骄傲更不要傲娇。

在这个层次的下面还有个琢磨他人的层次，那就是子贡说的“谄媚”与“骄横”，贫穷者看到别人的富有，心里装着个“穷”字，行为上就会“卑”，自然在生存与利益面前不得不低下高贵的头，所以才有人说“仓禀实而知礼节”，这是人性中如生俱来的妥协，动物亦然。富贵者看到别人的贫穷，财富堆积起了莫名优越，“有钱能使鬼推磨”，为富不仁、盛气凌人，暴发户的心态自然流露。这样的“谄媚”与“骄横”，就是特权、阴谋甚至暴力的种子。

孔子说的“贫而乐，富而好礼”就是琢磨自己的境界，眼里没有了富贵和贫穷的外在区分，也消解了谄媚和骄横的人我对比，只剩下自己与内心的对话，用圣贤之道打磨自己，进一步得一步的欢喜。无须把自己安放在别人建立的坐标系中，我自有我的快乐，那种循道而行的自信与强大，已经包含了一个君子养成所需的养分，超越贫穷之苦，超然富贵之外。

生命本来“思无邪”

诗在周公设礼之初,已有特别意义。《周礼》曰:教六诗,曰风,曰赋,曰比,曰兴,曰雅,曰颂。以六德为之本,以六律为之音。但是到了东周,“礼崩乐坏”,颂诗成为政治、外交或礼仪上的重要活动的表达方式之一。先秦时期的上层社会,不论相互唱和,礼尚往来,还是外交活动,无不以诗歌的形式表达;而且多数情况下都不直接表达,而是用诗的语言间接地来表述,因此听者就需要有很高的文化修养,并且有很好的体悟能力。

孔子说:诗三百,一言以蔽之,曰思无邪。孔子这么没头没尾地“曰”了一句,后世两千五百多年各路大神吵得不亦乐乎,各种解释考证可谓汗牛充栋。在这里还是继续偷懒,选几种说法供参考。钱穆先生说:《诗经》三百首,可把其中一句诗来包括尽,即是“思无邪”。大师就是大师,等于没翻译。李泽厚先生说:《诗经》三百首,用一句话概括,那就是不虚假。程颐说:思无邪者,诚也。就是一个“诚”字,诚心诚意。张居正说:只是要人为善去恶,得其性情之正也。这句话文字上的意思都能看得明白,但就是不知道夫子究竟想要说什么。有人引用尼采的一句话,类比夫子之言,“文艺复兴的风骨就是勇敢与好不虚伪。”罗志田先生评价胡适是“率性与作圣之间徘徊”。突然发现,两千五百多年前的孔夫子,五百多年前的文艺复兴,一百年前的“五四”时期,是不是有着某种相近的基因。是否就是率性的“思无邪”呢?

“思无邪”是真性情,也就是“率其性”。孔子的思想体系中很多关于率性的内容,他把这个率性叫作“直”,“直”可解释为“内不以自欺,外不以欺人”(冯友兰语)。《中庸》开篇便强调”天命之谓性,率性之谓道“。认为率性之举体现的是对天道的敬畏,只有把外在天命转化为人内在的真性情,才是真正的求道。简而言之,就是带着如生俱来的纯粹和真诚,做最真实的自己,孔子也把这样率性作为做人做学问的基础和底色。

但是,孔子生活的时代是等级分明的时代,夫子眼中的“人”更多指的是贵族,而不是平民百姓。在《论语》中“君子”与“小人”本意指的就是“贵族”与“平民”。所以这样的率性在上下有别的等级面前,成了上位者的日常和下位者的奢望。从来没有一个贵族把平民的性情甚至性命当回事,回望两千多年改朝换代的历史,平民如蝼蚁一般,一批批地死去又一茬茬的生来,似乎没有在正史上留下任何痕迹。

这是文化的局限,更是时代的局限。历史的书本里只有大人物的故事,但历史是人民创造的,没有最广大人民的真性情,哪有文化的先进性和社会的进步性。今天,我们重新审视夫子的“思无邪”,更应该有这种发展的自觉,让率性的真性情成为人生乃至生命的底色。须知每个人的发展都是社会发展的一部分,做好自己,社会就多一份进步的动力,做真实的自己,社会就多一点诚信的希望。

诚然,在充满谎言、虚伪、尔虞我诈、勾心斗角的浮躁语境中,那最近也离我们一个世纪的"五四"之光,是否可以照亮我们的人性与未来呢? 至少我们能做好自己。面对社会的浮躁,不丧失定力、随波逐流;面对物欲的诱惑,不精于人事、想走捷径;面对名利的诱惑,不心急火燎、投机取巧;面对挫折的考验,不失去初心、世俗沉沉。始终记住自己是谁、自己需要什么?把真实一面擦拭干净,时刻反省镜照,无论经历什么都在内心深处给自己留下一片纯洁宁静的天空。

活得“真”,干得“实”,想得“纯”,行得“粹”,也才能走得“远”。

怎样才是靠谱的人生

这个世界上生命和战争不能重来。生命失去了就不会再重新来过,战争结束了胜败就定了,一旦战败就要面对后果,也不可能重新再来,战场无亚军。所以,孔子所慎者三:齐战疾。齐和疾关乎生命,战就是战争,也关乎生死。人生是一个从生到死的过程。有一句比较伤感的情话:等你还不如等死,死终究会来的,而你却不会。这些都在告诉我们,每个人的人生都是有始有终的,从起点走到终点,那么不一样的除了长度,就是过程。

孔子说:吾十有五而志于学,三十而立,四十而不惑,五十而知天命,六十而耳顺,七十而从心所欲,不逾矩。这是《论语》中耳熟能详的话之一。这句话的字面意思比较简单,孔子说自己十五岁立志学习,三十岁就知道立于何处了,也就是立了志,心有所向了,四十岁就心有所属,不再迷惑动摇,五十岁就心有所安、知晓天命了,六十岁就可以心有所定、包容一切了,七十岁达到身心自由,从心所欲都不越规矩的境界。孔子用最简洁的语言,给自己写了一个一句话“自传”,向我们展示的是儒家理想的人生观和人生轨迹。

古人讲,人生七十古来稀。孔子在这里把七十年的人生感受,一句话讲清楚了,其中蕴含这一条主线,就是“学”。人生在世,如果要活得明白、获得通透、活得从容必须几十年如一日的坚持学习精进。有人戏称那些很牛的人物都有在图书馆工作的经历。毛主席就在北大当过图书管理员,那个时候大教授胡适一个月200大洋的工资,伟大领袖毛主席工资才8块。但毛主席一辈子在读书却是不争的事实,毛主席在弥留之际还在读书,意识时而清醒时而糊涂的情况下,只要清醒过来就让身边工作人员读洪迈的《容斋随笔》给他听,老人家做到了“活到老学到老”。

孔子十五岁有志于学,又过了十五年,那个志向才立起来。不少人都把而立之年,理解为能自食其力,或者在社会上有独立地位,不再依靠父母、能自立了。真的是这样吗?如果真是这样,当今社会上的那么多“二代”们一出生就能“立”了,因为他们衣食无忧。孔子感叹弟子颜回:一箪食,一瓢饮,在陋巷,人不堪其忧,回也不改其乐,贤哉,回也!快乐来源于心灵的修为和自身的德行。在追求有形的物质的同时,更要追求无形的精神,因为幸福快乐只关乎内心。你看那些被抓起来的大贪官,既有权又有钱,被送进去没几天,头发全白了,满口“我们农民的儿子”“对不起党、对不起人民”,十分滑稽,如果真是那样,岂不成了农民的好儿子都在家种地,坏儿子都当官了?立于权力、金钱不靠谱。须知“是非即是成败”,而价值观成熟了,做一个有信仰的人,才叫“而立”。

而立之后,又修了十年,对事物当然之理,外界一切言论事变，都能知道是怎么回事，对其深刻处、究竟处、相互会通处都洞然，做一个“明白人”，可谓不惑。人到五十，经历风雨，乐天知命。天命，是人生一切当然的道义与职责。人的一生有太多的偶然性，但在这无数的偶然性中，我们能够不失生命的主宰，这才叫“知天命”，“千磨万击还坚劲，任尔东西南北风”。大风大浪之后的宁静，就是六十耳顺的境界，毁誉由人，我自悠然。“七十而从心所欲不逾矩”，这是所谓从必然王国到自由王国。规矩法度成为习惯，人生进入“自动巡航”阶段，恰到好处，分毫不差。

学习的本质不是学习本身。人生的每一个阶段，夫子立身为旗，我们学习《论语》就是要在这上面去用功，透过论语的11705个文字，切己体察，修好一颗仁心，展现君子风范！不怨天不尤人，进一步得一步的欢喜。

一叶一菩提，一步一境界。大道便是捷径，圣人也是常人。

走得再远也要常回家看看

中国古人最讲“孝”，一部《孝经》成为中国人世代相传的经典。但是，往往提倡什么，什么就容易被异化。秦汉到明清，“孝”就被异化为“顺德”，进而成为培养“顺民”的工具，“孝顺”一词或许就自此而来。回到文字上，把“老”字的下半部分“匕”换成“子”，就是“孝”，以子承老即为孝。所以，“孝”如其说是“顺德”，不如说是“敬德”，以诚敬之心侍奉年老体衰的长辈，以诚敬之心传承上一代人的美德，似乎更合情理。

有子曰：其为人也孝弟，而好犯上者，鲜矣。不好犯上而好作乱者，未之有也。君子务本。本立而道生。孝弟也者，其为仁之本与？

“孝弟”，常见的说法是：孝敬父母叫“孝”，敬爱兄长叫“弟”，即悌。但也有老师依据后面的“弟子入则孝，出则悌”“出则事公卿，入则事父兄”，把“孝弟”解释为：在家侍奉父兄是孝道，在外事奉领导和长者为悌道。不论哪种解释，这句话中“孝弟”与“犯上作乱”两者的关系都是明确的，那就是恪守孝弟之道的人，却喜欢触犯上级，这种人是很少的。老实本分守规矩的人，却作乱造反的，这种人根本不会有。这就是第一个关系。第二个关系更进一层,也算是对第一个关系的深化升华,就是“孝弟”与“道”的关系,把“孝弟”作为“道”之本。通俗讲,孝悌是道的根本和基础。这里的“道”,是指儒家的人道,也即仁道,其本在心。只有具有仁心,才会有仁道。“仁”,就是孔子做学问的最高目的。

有人把儒家的爱比作同心圆,那么孝悌就是这个同心圆最里层的内核,也就是在自己家里的关起门来表现。有人说,关起门来,人与人如何相对关乎社会的底线。亲亲而仁民,仁民而爱物。如水波一般推己及人,兼善天下。有子这句话也被看成老朽甚至迂腐,成为儒家或者说《论语》愚民的重要证据。因为后世的封建统治阶级为了制造顺民,而煞费苦心假借圣贤之口,把忠臣与孝子扭在一起,把君与父重叠起来,移孝作忠,达到让自己江山千秋万代的私心。

现代中国,从鸡犬相闻的小农社会走来,城市化和市场化让人们逐渐脱离了原有的家族小圈子,融入了叫作“社会”的大圈子,由此也带来了亲情的淡化。重读“孝弟也者,其为仁之本与”,重在体悟这其中的那份对亲情的珍视和呵护。在理想和梦想领着我们向前看或是向“钱”看的时候,偶尔也要向后看一看、向内看一看,因为背后站着一直默默支撑着我们砥砺前行的父母和亲人。随着父母的一天天老去、爱人的不再年轻和孩子的逐渐长大,我们是否应该反省一下:家人都不爱了,如何来爱这个世界;亲情都淡漠了,心灵是否还丰盈。不能等到自己达到理想彼岸的时候,回过头来身后空无一人。

“佛在家中坐,何必远烧香”。儒家强调孝悌,于今天的人们,就是要少一些应酬的喧嚣,多一些家庭的温存,少一些成败的算计,多一些天伦的快乐,少一些物质的执着,多一些简单的幸福。让心回家、把爱留下,享受至情至爱。其实,这也更能让我们回望本来、看清未来。再往大里说,儒家重人轻法,现在反过来了,强调法治,要建立法治社会、法治政府。但在治理过程中,中国传统文化中,这种把思想理念诉诸于人性情感的思维,是否可以被吸收传承呢?让重情感、修养、家庭价值等元素让冷冰冰的“法”有点人情味呢?

“孝”的四重境界

经常听到一句骂别人逢迎拍马的话：像对待亲爹一样对待领导。其实这句话是有问题的，如果谁真像对待亲爹一样对待领导，多半领导会“弄死”他。仔细反思一下咱们平时是怎么对待自己父母的，对这个结论估计能接受。有段时间网上有篇短文《像对待领导一样对待父亲》，让无数人深有感触，咱们对待领导向来谨小慎微、毕恭毕敬，而对待自己的父母呢？很多时候貌似跟“恭”“敬”还相去甚远。但父母却因深爱着我们而默默承受，从来不曾计较。

孟懿子问孝。子曰：无违。樊迟御，子告之曰：孟孙问孝于我，我对曰无违。樊迟曰：何谓也？子曰：生，事之以礼；死，葬之以礼，祭之以礼。孟武伯问孝。子曰：父母唯其疾之忧。子游问孝。子曰：今之孝者，是谓能养。至于犬马，皆能有养；不敬，何以别乎？子夏问孝。子曰：色难。有事，弟子服其劳；有酒食，先生馔；曾是以为孝乎？

这四句话孔子都是在讲孝。在孔子所构建的儒家社会伦理体系中，孝文化处于基础地位。亲亲而仁民，仁民而爱物。没有亲亲，后面就走不下去了。因此，儒家社会也被浓浓的亲情所包裹,你养我小、我养你老,如此这般、生生不息。在农耕时代,这是和谐朴素的真理,演绎了多少人间真情。不信你看中国有那么多地方的地名中都有个“孝”字,孝感、孝昌、孝义,北京的孝顺胡同、贤孝牌胡同、孝女台、双孝村,南京的明孝陵、孝陵卫,合肥有个三孝口,浙江也有两个大名鼎鼎的“孝”地名:一是曹娥江,又名孝女江,二是慈溪市等等。每一个地名的背后都是一段孝老爱亲的感人往事和传说。百善孝为先,没有哪个民族对孝的推崇超过我们。

四句话是孝的四个境界,从最基本的“无违”,到高层次的“色难”,这四句话认识清楚了,对孔子所说的孝道有着正本清源的作用。孔子所提倡的孝总的原则是:父父子子,也就是父母像父母,孩子像孩子,彼此之间处于相对独立的状态,但相互之间又有着各自的角色要求。具体讲就是:

“无违”。这是孟懿子问孔子的,孔子就说了两个字“无违”,也就是不违逆。孟懿子没有继续问下去,孔子意犹未尽。他把自己的回答告诉了樊迟,但樊迟天生愚钝,并不了解老师的意思。孔子进一步阐述:父母在世时,当以礼侍奉,父母去世了,要以礼葬、以礼祭。所以,孝是什么呢?是礼,要求父与子之间都能够各安其分,各尽其职。这是孝的最基础的层次,以礼相待,也是最形式化、表象化的要求。从实践的角度看,这也是比较容易做到的,如果连基本的礼仪、礼节都不讲究,孝又何曾谈起。

“父母唯其疾之忧。”这句话有不同解释,有的说是要担心父母的身体,担心父母的疾病。有的说是让父母只用担心你的疾病。第二种说法似乎更为妥当。这句话要设身处地的切切体会,方能感受到孔子的深意,以及父母对于子女的那种无所不至的深切关爱。无论多大的人在父母的眼里都是孩子,生活工作家庭的方方面面父母无不放在心上。那么,如果有一天我们所有的一切都让父母很放心,父母只用忧虑我们不要身体上有什么意外,这样的状态当然能称为孝了。反思一下,我们做到了吗?

“不敬,何以别乎?”孔子说:今天的小子,说能衣食住行供养父母,就是孝。那犬马不也一样能养老哺幼吗?如果没有敬,只是养,和犬马有什么区别?这就是再进一步,不仅不要让父母担心,还要对父母尽到“养”和“敬”的义务。“养”很好理解,在现在的大部分农村,这种子女“养”父母的情况仍然存在,养儿防老依然是养老的重要形式。但只养不敬的现象也比比皆是。老人晚年的幸福指数与这个“敬”字密切相关,只给口饭吃,那和养个犬马又有何区别呢?那这样的儿女与犬马又有何区别呢?另外,孔子倡导的“孝”应该理解为“孝敬”,而不是“孝顺”。在《论语》中讲孝的时候,孔子也没有用过“顺”字,“敬”字能体现子女对父母的内心应有之状态,而彼此之间却是相对独立的。如果事事都顺着父母,变成了依附,“龙生龙,凤生凤,老鼠儿子会打洞”,反而是对孝的误读。

“色难”。这是孝的高层次了,不仅礼上做到了、不让父母担忧了、也很恭敬了,还要和颜悦色。说的很简单,但做起来真的太难太难了。有些人对身边的人都能彬彬有礼,但一回到家,面对父母总是绷着个脸,稍说几句就不耐烦。特别是工作一天,回来很累的时候,父母在身边唠叨几句,忍不住就会发通火。这样的事每天都在我们身边上演。孔子在两千五百多年前所说的,几千年的人性和人心没有太多的变化。其实,色难实为心难。语言和表情是内心感情的反映,真正的孝要有一颗柔软仁爱之心善待父母。南怀瑾先生曾提到一副对联:万恶淫为首,论迹不论心,论心世上少完人;百善孝当先,原心不原迹,原迹寒门无孝子。有“心”比什么都重要。

这四重境界是对孔子所倡导的孝的全景展示,但和我们经常讲的儒家的孝有很大区别。所以,孔子是儒家的奠基者,但孔子不能和儒家划等号。儒家的很多观点和理论,在后世的发展演绎中,有了不少变化。孝道也是一样,汉朝以孝治天下,所有皇帝的谥号中都有个“孝”字。但汉朝移孝作忠,把孝极端化、绝对化、意识形态化,面目全非。后世倡导的“二十四孝”,有不少做法让人毛骨悚然。还把孝与选人用人挂钩,求忠臣于孝子之门,更是把孝推向虚伪的深渊。

看来今天谈孝,还是无违。真心诚意,无违夫子之道。孝敬父母,无违做人之本。

君子的“人设”

提起君子的形象,每个人心中都会出现一个不同的形象,或许那就是你认为最接近君子的人。我想起的胡适之先生,罗志田的《胡适传》中有这样的描述:胡适自述,在大家庭中生活日久,“渐渐懂得看人的脸色了。我渐渐明白,世间最可厌恶的事莫如一张生气的脸,世间最下流的事莫如把生气的脸摆给旁人看。”胡适一生遵循“己所不欲,勿施于人”。他体会到看脸色的痛苦,就终生努力不让人看他的脸色。在待人接物中,胡适更努力让客人感觉如沐春风。他晚年说:“我总不叫客人坐着有间歇的时间。说话完了,不再说下去,等于叫客人走路,所以我总要想出话来说。”胡适不仅努力维持自尊,也尽量给别人留面子。谦谦君子,温润如玉,或许就是如此。

孔子说:“君子不器。”“子贡问君子,子曰:先行其言而后从之”“君子周而不比,小人比而不周”。读《论语》,不可回避的是君子与小人之辩。何谓君子?何谓小人?一部《论语》可视为贵族的行为规范,文中的君子主要是对贵族所言,小人主要是以平民为参照。这是那个时代的背景和局限,我们不能苛求古人。但可贵的是孔子把阶层的分割拓展为道德的划分,要求贵族必须在道德修养上有君子之风,同时也认为平民在道德上有所建树,也能够出离小人而成就高尚的人格,成为道德上的"贵族"。

孔子关于"君子是什么样子"说了不少,但就是没有给君子下定义,所以按照西方的思维方式,没给出一个精准的定义,就不算把这个概念说清楚。但是我们却认为这个不需要定义,而应该因时、因人、因事、因地制宜,这也许是中西方的区别之一吧。孔子用了不同侧面,给我们描述了君子的"人设"。"君子不器"重点是在人生的格局和人格的独立上讲,"先行其言而后从之"主要是言行举止上的要求,"君子周而不比,小人比而不周"则是人际交往和境界修为上的差别。

"君子不器"。君子当然有用,但不能局限于"用",不能工具化。形而上谓之道,形而下谓之器。孔子讲的君子即器即道,彻上彻下,下学上达,道器不二。康德说:什么是教育的目的?人就是教育的目的。爱因斯坦也说:用专业知识教育人是不够的,通过专业教育,可以成为一种有用的机器,但不能成为一个全面发展的人。古今中外,体用相通。

"先行其言而后从之"。这句话来自于孔子与子贡的对话,结合子贡这个人来讲,他是个外交家,口齿伶俐、能言善辩。所以孔子在这里对他讲这句话也是因材施教之意。但这句话却不仅仅针对子贡,同时也说出了君子的一个重要特征。后世都在奋力阐发王阳明的知行合一,殊不知孔子说的是行在言之前,不仅仅是要即知即行,而且要先做了再说。从这个角度也可以反推出王阳明提出知行合一的背景,宋明理学注重义理的解释和空头议论,强调格物致知,忽视了孔子所倡导的实践性。“平时袖手谈心性,临难一死报君恩”,就是不干实事。所以阳明先生讲的“致良知”重点在“致”,“良知”就是“知善知恶”,善恶的标准早就有了,关键是如何能“致”,也就是要知行合一地去做。

关于言与行的关系,荀子有一段精辟的论述:口能言之,身能行之,国宝也;口不能言,身能行之,国器也;口能言之,身不能行,国用也;口言善,身行恶,国妖也。道德理论比其他任何理论都更要注重实践性,可以说离开了实践性,道德就是伪善。这也是孔子为何一再强调要少说多做,要敏于行而纳于言。清末吴汝纶先生在家乡创办桐城中学时,手书校训“勉成国器”,一个“勉”字深得孔门精义,先生对后来者的教诲是少说多做,更重力行。

“君子周而不比,小人比而不周”。这是《论语》中孔子第一次用对比的方式讲君子与小人,后面还有不少这样的句子,这种强烈的对比是孔子语言的一大特色,具有很强的说服力和冲击力。“周”是普遍的意思,“比”是勾结的意思。君子对谁都一样。有位颇有学养的领导曾说“等距离交往干部,零距离接触群众”,深得夫子真传。王大毛《超解论语》对这句话的翻译比较有意思,“君子是一个独立的个体,但他胸怀整体;小人彼此攀附,但没有原则,既不能独立,也没有整体格局”。换句话,君子为了“共同的事业走到一起”“道相同,相为谋”。就像夫子构建的北斗与群星的关系,群星都指向北斗,群星之间既目标一致、惺惺相惜,又相互独立、保持距离。君子心中有信仰,不为权贵和利益所动。但小人不是这样,他们的眼里只有局部的私利,从不考虑整体,相互结党为了营私,君不见贪官污吏总是以群体出现,也就是今天所谓的“塌方式腐败”“独行侠”成不了大贪大恶。当然,这也是君子与小人的本质区别。

归结起来,就是君子对人亲善忠厚,但并不要他人亲附自己;对人施恩,并不要求别人感恩报答。因为君子待人处事,凭自己的价值观来做,对谁都一样,以是为是、以非为非,这种标准原则是普遍的、一以贯之的。小人则不同,小人对谁好的目的性很明确,就是要别人拿利益来交换,为了搞小圈子、小团体。

独立的君子,猥琐的小人。

人而无信不知其可也

周代的季札,是吴国国君的公子。有一次,季札出使鲁国时经过了徐国,于是就去拜会徐君。徐君被他腰间的一把祥光闪动的佩剑,深深地吸引住了。徐君虽然喜欢在心里,却不好意思表达出来,只是目光奕奕,不住地朝它观望。季札看在眼里,内心暗暗想道:等我办完事情之后,一定要回来将这把佩剑送给徐君。因为要完成出使的使命,季札暂时还无法将佩剑送他。怎料世事无常,等到季札出使返回的时候,徐君却已经过世了。季子来到徐君的墓旁,望着苍凉的天空,把那把长长的剑,挂在了树上,心中默默地祝祷着:"您虽然已经走了,我内心那曾有的许诺却常在。希望您的在天之灵,在向着这棵树遥遥而望之时,还会记得我佩着这把长长的剑,向你道别的那个时候。"他默默地对着墓碑躬身而拜,然后返身离去。

孔子说:人而无信不知其可也。大车无輗,小车无軏,其何以行之哉。这句话的意思是说人如果没有诚信,我不知道他还能做什么?就像大车没有輗,小车没有軏,那车怎么走得了呢?孔子以輗和軏比喻信于人的重要性。輗和軏是牛车和马车车辕与轭相连接的木梢子。虽然都是小部件,却是关键部件。这与诚信在人与人之间的作用十分相近,人与人之间相互信任,才能联结为一体。相互猜疑、背信弃义,必然无法合作。

2018 年的舆论事件中,长春长生公司问题疫苗不能被忘记。反思问题疫苗事件,根子上是涉事企业乃至有些官员诚信的缺失。关于诚信缺失的反思也成了比较热门的话题。于是,有些人就把问题的矛头指向了传统文化,尤其是针对儒家文化。言之凿凿,中国传统问题特别是儒家文化是诚信缺失的根源,好像今天我们面临的诸多问题,都赖两千五百多年甚至更早以前的孔子、周公没有给我们创造出一个更加优秀的文化来。且不说这样的推断讲不讲道理,就问题本身而言,真的儒家文化造成了诚信的缺失吗?

人都是容易遗忘的,但离我们不过五十年的那段时光应该还不至于忘记。在那段时光里,儒家文化遭遇了自孔子创立儒家以降,最大的一次挑战和批判,打翻在地还踏上几脚。如果儒家文化真是诚信缺失的根源,那毫无疑问,那十年是国人诚信的顶峰。但事实是这样吗?我想不用说答案大家都知道。改革开放以来,我们还有多少人信仰传统文化,曾几何时,读个《论语》都不愿意在人前,说大了被人扣上尊孔复古,说小了被人讥为冥顽不化。直到今天,提起《论语》,质疑之声依然不绝于耳。儒家文化落到今天这步田地,反而还要为诚信缺失背口大黑锅,真是岂有此理!

诚信到底靠什么支撑?这方面的文章和分析已经十分深刻和透彻。无外乎头上有信仰、心中有敬畏、思想有是非、行为有底线。那么,儒家文化导致了信仰缺失、敬畏消失、是非混淆、行为失范吗？我看无论怎样的推理和演绎，也不能从儒家文化中找到这样的支撑吧。如果不是，那怎么就把儒家文化变成了诚信缺失的替罪羊呢？欲加之罪何患无辞，硬是要这样说，那不得不让人怀疑不是别有用心就是思维短路了。

或许诚信的缺失正是儒家文化衰退的副作用。清末开始，我们在军事、经济、科技和体制的远不如人，内忧外患的现实压力面前，不断反省自己的文化劣势，甚至提出全盘西化的言论。面对诚信危机的一片惊呼的背后，最基本的做人道理成为了"稀缺资源"。百年来的文化冲突，和一路向西，得到的是现代公民权利未张，而蕴含于传统文化特别是儒家文化中的传统责任伦理，在一次次的批判甚至批斗中丧失殆尽。西方的德赛二先生与儒家的孔老二都没能走上神坛，我们几千年所坚守的传统道义退场后出现了信仰真空，带来的是西儒皆灭的大地上，秦政与痞风商品交换的原则乘虚而入，占领了一部分官场、市场和百姓的思想空间。这便是人们唯利是图、是非混淆、进退失据、空虚浮躁的根源之一。如此，诚信何从谈起。

回过头来，我们传统社会在儒家文化引领下，诚信很差吗？我看未必。与老百姓息息相关的医疗、教育等行业比一比就知道。古人倡导"医者父母心"，药店门口是"宁可架上药生虫，但愿世上人无病"，与今天"莆田系""假疫苗""药品回扣"形成鲜明对比，我们有什么资格指责古人。古人尊师重教，我们老家就有"穷不丢失，富不丢猪"的好传统，先生走到哪都是让人尊崇，再穷的家里，请先生都不能怠慢。而今呢，专家成了"砖家"，教授成了"叫兽"，教育产业化、官场化，其腐败让人痛心，也让家长深恶痛绝。这背后是文化的缺失还是对儒家文化“中毒太深”呢？不言自明。

诚然，诚信缺失的解决也不是要尊孔复古，更不是说儒家是万能钥匙。诚信来自于内心的道德约束、也来自于外部的法律规范。包括儒家在内的传统文化的优势在于人作为个体的修身养德，“重道德，轻法治”。我们采取扬弃的科学态度，汲取其中“重道德”的营养，重新构建人们内心的道德藩篱。而西方文明在法治上要走在前面，那么我们就兼收并蓄，借鉴其诚信法规和诚信体系建设的成果，提升我们的法治水平。同时，随着科技的发展，先进的科技手段也可以成为制约失信行为的重要辅助。如此综合施策，方是解决诚信缺失的科学态度吧。

格局在为与不为之间

戊戌变法失败后，梁启超在逃往日本使馆之际，力劝谭嗣同一起避难。谭嗣同含泪说：不有行者，无以图将来；不有死者，无以酬圣主。如果大家都在北京等死，中国维新就没有希望；如果全跑了，没有一个人站出来拿性命担当的话，如何对得起光绪帝。又说：各国变法，无不从流血而成，今日中国未闻有因变法而流血者，此国之所以不昌也。有之，请自嗣同始！随后谭嗣同被捕，四日后未经审讯，慈禧即下令将其与其他五人一道，斩杀于菜市口，史称“戊戌六君子”。

孔子说：非其鬼而祭之，谄也。见义不为，无勇也。这句话的意思是：不是自己家族的祖先而去祭拜，这是谄媚。遇到正义的事情而不去做，这是没有勇气。这句话的语义浅显，但道理却十分深刻，直指人心。祭非其鬼和见义不为都是人心之病，自古有之、于今不绝。其实这背后有个共同的指向，就是“义”，非其鬼而祭是不合乎义，见义不为也是不合乎义。

人死为鬼，这是古代对鬼的明确解释，可见鬼并不可怕，只是人的另一种形式的存在而已。突然感觉有点量子物理的味道了。古代鬼与神经常放在一起，普通人死了称为鬼，凡有遗爱在民的就是神。鬼是自己的祖先,神是众人之亲。有人说国人“以成败论英雄”,其实那是官方,民间老百姓是实用主义,谁对百姓好谁就是神。比如关公虽然战败了,身首异处,但百姓觉得他仁义,就建个庙给供起来了,后来还给封了个武财神,各地做生意的都拜关二爷,据说灵得不得了。还有孔夫子,活着的时候郁郁而不得志,“累累若丧家之狗”,但死后却被奉为“文曲星”,到处都是文庙,香火兴盛几千年不绝。再看湖南韶山,毛主席逝世才 40 来年,但已经俨然神明,主席铜像前每天都是香火缭绕,跪拜者络绎不绝。

孔子认为,公私要分明,如果不是神而是鬼的话,自己家的“鬼”才能名正言顺的祭拜,不是自己的祖先而拜,那就是谄媚。孔子两千五百多年前说的这句话,后世却反复上演,比如《人民的民义》里面“祁同伟哭坟”的段子。达康书记说:“当年我做省委书记赵立春同志的秘书,祁同伟在市公安局做政保科长,赵立春同志回乡上坟,我和祁同伟陪同。祁同伟真做得出来啊,到了赵家坟头扑通就跪下了,那是真哭啊!眼泪鼻涕全下来了……”这是对祁同伟人品官德的深层次否定,无论他的老师育良书记如何替他洗白也没用,中国人一看就给定性了,看来导演和编剧深知传统文化呢。

相比于哭坟这种下里巴人,“谀墓”就好比阳春白雪。如果既能哭坟,又有谀文,就更能哭出气势,哭出交响乐的效果,但那绝非人人都能办到。2013 年 4 月,周永康曾回乡拜祭祖坟,当地村民说:“他以前都不知道他爸妈的坟在哪里,那次好像是他第一次回来拜祭祖坟。”周家的祖墓在周永康的官越做越大之后,也越来越热闹。每至清明前后,前来拜“鬼”者络绎不绝。来者不乏达官显贵、涵盖军政各界,好不热闹,不知周家之“鬼”是否能记住这一干人等,而保佑他们升官发财呢?恐怕他们本来就不是来拜死人的。每次扫墓时,周家人多半会陪,祭拜者临走时一般叫他们“跟首长讲一声”。

在这些专程前来为领导家的“鬼”祭扫的各式人等中,大概不乏痛哭流涕的祁同伟之流。当然,也不能仅仅一味责怪这些“非其鬼而祭”的祁同伟们,正所谓“上有所好,下必甚焉”。祁同伟不就是凭着这些表演而平步青云、蒸蒸日上的吗?足见有些领导对此还是十分“感动”的。不知这些领导是否听说过一句古语:“凡为官家,娘老子死了挤破门,自己死了没人问”呢?

同样,见义不为就不能做到“义”了,当然也是无勇。众所周知,扶危济困、助人为乐是中华民族的传统美德,在一定程度上说是人的本能。孟子曾经说过:“人皆有不忍人之心。先王有不忍人之心,斯有不忍人之政矣。以不忍人之心,行不忍人之政,治天下可运之掌上。”“恻隐之心,仁之端也;羞恶之心,义之端也;辞让之心,礼之端也;是非之心,智之端也。人之有是四端也,犹其有四体也。”就是说这种“不忍人之心”“恻隐之心”每个人都有。

但问题又来了,当今社会那么多“老人跌倒不敢扶”的事,难道那些都是见义不为的无勇者?那也太打击人了吧。毋庸置疑,每个人的心里都有颗道德的种子,都有助人为乐、见义勇为的良知,但如何让种子发芽并茁壮成长,要靠整个社会的氛围,更需要有关的法律法规进行“护航”,“离开制度讲道德就是要流氓”。儒家“重道德,轻法治”的缺项,需要依法治国来弥补。现行法律虽无法超拔于社会习俗存在,但法律对于引导甚至重塑社会文明是可以大有作为的。比如对见义勇为者进行“无罪推定”的庇护,用制度牵引人们走出“如果没有监控视频和目击证人,就不敢做好事”的窘境。见义勇为者没有后顾之忧,扶危济困必然蔚然成风。

君子不能是个“东西”

1923 年,福特公司有一台机器马达坏了,怎么都修不好,这时候有人推荐了一个小公司的技术员斯坦因曼思。他来之后,什么也没做,只是在电机旁边听了 3 天,最后在电机上画了一道线,写上:这儿的线圈多绕了 16 圈。技术人员按照他的建议进行了改正,电机果然运转正常了。这哥们太玄乎了吧。福特公司老总福特先生一看,这人了不得,赶紧“挖”过来,先是开高薪,不行又三顾茅庐。但斯坦因曼思却还是不同意,他说他不能离开这家小工厂,因为小工厂的老板在他最困难的时候帮助了他。牛人就是牛人,富贵与贫穷面前,他用道德做选择。福特先生很失望,但还是太想要这哥们了,不久福特收购了斯坦因曼思所在的那家小工厂。福特董事会搞不清楚,这家小工厂对福特公司没啥价值,怎么就入了老总的法眼呢?福特先生说:人才难得,人品更难得。

孔子说:君子不器。这是《论语》里面很著名的一句话,四个字,微言大义!首先要理解什么是“器”。“器”字,四个口,一只狗。四个口代表物品很多,一只狗把这些东西照看好。需要狗来看守的一般是比较贵重的东西。今人讲“器皿”,在古代“器”和“皿”不是一回事。“皿”是一般的物品,“器”则指贵重的物品。

一种器皿有其特定的用途,比如钢笔可以用来写字,杯子可以用来喝水,菜刀可以用来切菜,等等。所谓“君子不器”,从这个意思上看,就是君子不能只有特定的用途。所以钱穆先生说,以“器”来比如一个人,比较接近今天的“技术员”。有一才一艺,能做这样,但不会做那样,跟器皿一样,不能相通。有人把我们日常的学习分成“道、术、技”,“器”顶多在术和技的层面,没有达到道的境界,所以不能守常达变。有位教育局长说,“育人非制器”。现在教育的问题,一个重要的方面是过分重视“器”的追求,忽视了“道”的修行,缺失了“心”的养护,更多的沦为职业培训,无论数据多好看,最终文凭如纸,缺乏深度、厚度和力度。所以我们在教育孩子的时候,一定要注意,要让孩子成“人”而不是成“器”,关注孩子身体发育的同时,更要关注孩子的灵魂发育。因为,德行是学习的内容,而且是最重要的学习。

器不是君子。上面说的只能通一才一艺者,只有特定的用途,离孔子所讲的君子还有不小的差距。君子岂能是一件别人手中想怎么用就怎么用的工具呢?君子应当有自己的主心骨,他应该是作为一个独立的人而存在,而不是作为一件有用的工具而存在。

人若如器,便只能在特定的技术领域有用处。而当学会对“国事天下事”都关心,都思考,都有见解,并有出于自身秉持的价值体系的是非判断,便可能成长为一个“君子”,所作所为才可能与更广阔的事业息息相关，才会有自己坚定的方向，也才会有可能成为大家。

屠呦呦在研制青蒿素时，当时的科研条件十分恶劣，设备简陋环境差，盛放乙醚浸泡青蒿的大缸，就放在实验室里面，时时发出刺鼻的味道，屠呦呦得了中毒性肝炎。为了确保临床安全，他自愿当小白鼠，自己服药试验。获得诺贝尔奖后，有记者问她：您都把自己的身体弄坏了，当时想到过放弃吗？屠呦呦说：我的身体虽然受到一定伤害，体质也一直不好，但我一想到青蒿素能够对抗疟疾，拯救数不清的生命，我就深感欣慰。当科学家将自己的使命与人类命运紧紧相连时，他自然出脱了"器"的局限，不计得失、一往无前。

因此，君子的能力不局限于一个专业甚至一个行业，要关注大局，保持自己的格局。对国家、民族甚至人类的整体命运和未来，都有基于正义和良知的判断，基于判断的见识，基于见识的行动。工作和事业就能立足于整体利益做出价值判断和现实选择，这才是以天下为己任的君子格局。正如《论语》里面说的：士不可以不弘毅，任重而道远。仁以为己任，不亦重乎？死而后已，不亦远乎？我们自己要切己体察，涵养这份格局，就像网络上说的还有诗和远方，如果成天计较于那些鸡毛蒜皮的小事和鸡零狗碎的小利，成天限于生活中的那些琐碎，那么限于琐碎就会导致猥琐；我们培养人才或者在设计自己的成长中，更要注意教会他志存高远、胸怀远大，学做一个大写的人，做大人，不要变成小人。

君子不是器。假如君子仅仅是一个器，比如前面讲的一把菜刀，让他去切菜就去切菜，那让他去砍杀无辜呢？如果也去，那还能叫君子吗？这就是我们讲君子不器这短短四个字，对我们每个人都是深深的心灵拷问。要“立”，要“仰不愧于天，俯不怍于地”，就是要像君子那样有根据自己良知和正义做出是非判断的能力和决心。要有不为外力所胁迫坚持内心良知的勇气担当。有了这种内在的灵魂，假如他是一把菜刀，他可以替人切菜，甚至可以替人砍柴，但在任何情况下都绝不会去杀害无辜，替人为非作歹。这样的菜刀，就是有精神的菜刀，就出离了器，不仅仅是器了，更有了气节和格局，也就“得道”了。

“道”，才是立身做人的根本。所谓“小胜靠智，大胜靠德”，就是这个道理，正所谓“智慧之巅是德行”。有次看《非你莫属》，嘉宾是一位连续三年的销售冠军，热情开朗，面对老板们的提问侃侃而谈、对答如流。大家都觉得他肯定顺利过关。后来，主持人涂磊问他这样一个问题：你觉得在你的从业经历中，最能说明你销售能力的是哪一件事？他想了想说道，自己在一家做情商培训的机构做销售，成功地说服了一位月薪2000元的环卫工为自己5岁的儿子报了价值5000多元的课程。说完之后颇有点沾沾自喜，重复了好几遍：我这人说话就会让人感觉很真诚。他现场展现的推销能力确实不错，可在座的12位老板，不约而同地在第一轮灭了灯。有位老板一针见血：我们不怀疑你的能力，但是却不看好你的人品。

越是处于社会底层的人们，越是缺乏鉴别信息真伪和含金量的能力。他们或许不富裕，但很好骗，只要给他们一线希望，告诉他们可以培养出一个优秀的下一代，很容易激发他们的使命感,从他们手中拿到他们辛苦攒下的积蓄。这种不择手段将不合适的课程推荐给明显缺乏承受能力的弱势群体,还将这件事作为战绩来炫耀,这种人或许可以成为销售冠军,但不可能成为优秀的经理,也很难走上事业的高峰。德行上差距无法用能力来弥补,甚至德行不好的人能力越强危害越大,也就是在人才管理中经常讲的“有才无德”是小人,也就是孔子讲的:小人有勇而无义为盗。可以说,能力决定你飞多高,德行决定你飞多远。

看一个人是否板正、是否有前途,看的是道德,是不是立在“道”上,而不是财富。《论语》里面孔子有这样一个故事:“齐景公有马千驷,死之日,民无德而称焉。伯夷叔齐饿死于首阳之下,民到于今称之。”意思是,齐景公有马四千匹,死的时候,百姓们觉得他没有什么好称道的,伯夷叔齐饿死在首阳山下,百姓们到现在还在称赞他们。齐景公是什么人呢?他是春秋后期的齐国君主,史书上说他“好治宫室,聚狗马,奢侈,厚赋重刑”。盖了很多房子,养了很多狗和马,生活很奢侈,税负很重,严刑峻法。可以说是一个无德的君主。伯夷叔齐是商朝末年孤竹国(现在的河北唐山附近)君的两个儿子,他们的父亲让小儿子叔齐接班,但那时候是长子继承制,就不愿意受国,要让国给他的哥哥伯夷,但伯夷认为父命不可违,不愿接受,没办法两个人就一起逃跑了,跑到了周国,国人只好让国王的第二个儿子接班。伯夷叔齐到了周国后,听说周武王伐纣,这段《封神榜》里面讲的,二人就到周武王的马前劝阻,说武王作为臣子去攻打天子不对。武王没听他们的,有人要杀了他俩,姜太公不让,说这俩哥们是仁义之人,不能杀,扶到一边继续伐纣。武王伐纣"血流漂杵",最终成功了,得了天下,这俩兄弟感到很难过,不愿意吃周国的粮食,就隐居在首阳山吃野菜。后来有人说,天下都是周国的,这野菜也是周国的野菜啊,听了以后他俩绝食而死。

齐景公与伯夷叔齐的不同,就在于追求的东西不一样,一个是追求富贵,一个是追求道德。按照孔子的看法"富与贵人之所欲也,不以其道得之,不取也"。孔子从来不反对追求富贵,他不是苦哈哈的清教徒和苦行僧,他说过如果富贵可求,让他赶马车都可以,但如果不符合道德,他还是舍富贵而从他所好。很显然,富贵摆在道德之后,富贵生不带来死不带去,而道德却能长久流传。换句话说,富贵不可靠、道德很靠谱,我们人生的大厦要建立在靠谱的道德上,不能依靠在不可靠的财富上。

孔子在选女婿的时候,选了个罪犯,"子谓公冶长,可妻也,虽在缧绁之中,非其罪也,以其子妻之"。虽然公冶长在监狱之中,但不是他自己过错,就把自己的女儿嫁给他了。在公冶长这么困顿的情况下,孔子相信他、赏识他,他看人品、看道德、看潜质、看未来,而不是看来头、看背景、看地位、看财富,这也是孔子的识人之明。可以这样说,凡人重富贵,智者重品行。"菩萨畏因,凡夫畏果。"富贵是果,而品行是因。

君子不求有“好报”

我们很多人是工作顺心的时候、生活如意的时候，才能生出“达则兼济天下”的雄心壮志，一旦自己不如意了，就会怨天尤人，产生怀疑和抱怨，做出有违正道的事。虽然古人说：饿死事小失节事大。但更多的时候是：好死不如赖活着。管他呢，吃饭大似天。

孔子说：君子固穷，小人穷斯滥矣。君子如果穷困，他会安贫乐道，小人如果穷困了，就会啥事都能干出来，也就不管什么正道邪道了。这里，我们讲一讲孔子在陈绝粮的故事。

孔子离开卫国，在陈、蔡、叶几个小国之间辗转，之后接到楚昭王邀请，请孔子入楚。这个时候陈、蔡两国的大夫们商量，如果孔子入楚，楚国一定强盛，对他们不利，于是派人把孔子及其弟子围困起来，不让他们走，要把他们困死。这就是史书上讲的孔子陈蔡绝粮的事。孔子和弟子们被围困起来，出不去，也没有补给，断粮了。弟子们都饿得站不起来。有点像当年红军长征爬雪山过草地的味道。这时候孔子在干什么呢？继续每天带着弟子们讲习礼仪，弦歌不绝，饿着肚子唱。俗话说饱吹饿唱，就是吃饱的时候吹奏，饿着肚子适合唱歌，不知道是不是打这儿来的。

子路接受不了,我们怎么会落到这步田地呢?他对老天爷有怨气,恐怕对他的老师孔子也有怨气,他就去找老师说:君子亦有穷乎?就是君子也有这么穷困的时候吗?这个很符合我们很多人的思想,也就是经常说的"好人有好报"。既然我是君子,"居天下之广居,立天下之正位,行天下之大道",那我就应该享天下之清福啊,至少应该在世界上处处行得通,处处受到欢迎啊,难道还会没饭吃吗?就像佛经里面讲的,念一句佛号就会有十方诸神护佑。如果坚守正道让我没饭吃,那我坚守正道干什么?恐怕每个人都会经历这样的自我诘问。

显然子路在这种困顿的情况下,他对道德及道德行为的有效性提出了怀疑。站在功利的立场来看待道德,得出的结论当然是:一个人,既然是尊崇道德的,既然是按照道德的要求做有德之人、行道德之事的,那他就理应受到道德的保护,理应享受实行道德该得到的好处和报酬。那是不是这样呢?

这显然不符合道德的本质,道德并不是用来保证道德之人人生顺遂,至少这个效果不可能立竿见影。希望通过实行道德来保障自己得到某种利益,那就是变成了孔子所反对的:意、必、固、我,也就是事事心中都有个"我"字,处处眼里都有个"果"字,我怎么怎么样就应该怎么怎么样,这肯定不是道德的境界。

所以,孔子对子路的回答很简单,就是上面说的:君子固穷,小人穷斯滥也。君子当然有穷困的时候,但君子安贫乐道。小人急了就会狗急跳墙、突破底线,君子不论多急,该怎么干还是怎么干,不该干还是不会干。一正一乱之间,界限泾渭分明。

子路和我们很多人一样对道德抱有很大的信仰,结果被老师这句话给打击的不轻。实际上子路对于道德的有效性抱有这样的信仰,从某种意义上讲类似于迷信。所以孔子用这样直白的语言来破除他的迷信:你不要以为做了好人就有好报。做了好人不一定有好报,而且做好人也不是用来求好报的。如果你认为做个君子处处都行得通,到处都能得到欢迎,那我告诉你,错了。有时候甚至恰恰相反,君子正因为他讲道德讲原则讲操守,他追求进取却有所不为,常常被掣肘,时时被阻碍,往往行不通。这是对道德透彻的理解,有点悲壮的味道。

但是,君子维护的天地间的正气。人身上正气不足,邪气丛生就会生病。人世间邪气压了正气,就会天下大乱。坚守正道,就是呵护一份正气,传承一股文脉。如果这样想,吃点苦头又算得了什么呢?有了这样的境界,人生的格局就会豁然开朗。回过头来看看,陈蔡之间跟着孔子的那些弟子,都有很高的成就,也说明了他们经受住了考验,真正在正道上站稳了。我们应该以此为经验。

因为,道德不一定让我们成功,但一定让我们成人。不成人如何成功?同时,一个有信仰的人,一个被人需要的人,是有温度的人,是温暖的人。有这样的人在,世界就有希望。

“蠢猪式的仁义道德”却是贵族精神

宋国与楚国打仗,宋国军队列好了阵,楚国军队渡过泓水来交战。宋国的军官对宋襄公说:“楚军比我军人数多,我们应该趁他们正在渡河马上发起进攻,那样楚军必败。”宋襄公却回答说:“不行,那不符合战争规则。君子说:‘不能攻击已经受伤的敌人,不能擒获须发已经斑白的敌人;敌人处于险地,不能乘人之危;敌人陷入困境,不能落井下石;敌军没有做好准备,不能突施偷袭。’现在楚军正在渡河,我军就发起进攻,不合仁义。等楚军全部渡过河,列好阵,我们再进攻。”结果是等楚军全部渡过河后双方才开战。宋军因寡不敌众,落得大败,宋襄公也受了伤,第二年悲惨地死去。毛主席因此有了一句著名的语录,叫做“我们不是宋襄公,不要那种蠢猪式的仁义道德”。当然,主席说这句话时是在危如累卵的抗战时期,对手是凶险狡诈、毫无人性的日本鬼子,形势不同、看法自然不一样。

孔子说:君子无所争。必也射乎,揖让而升,下而饮。其争也君子。意思是:君子没有什么争夺的事,除非射箭比赛。相互作揖行礼,上堂比武,比完下来喝酒,这样竞争是君子的竞争。射及射箭比赛,是“六艺”(礼乐射御书数)之一。射来自远古遗风。在农耕社会以前，狩猎是人类生存的基本技能，而成为必学的本领，后世逐步演变为一种体育竞技。古代的射的礼仪分为四种，按照等级依次是：天子、诸侯、大夫在祭祀之前选拔参加祭祀之人的大射；诸侯朝见天子或诸侯、大夫之间会面时举行的宾射；贵族平常的娱乐活动燕射；地方荐贤举士时举行的乡射。

礼的根本原则是“让”。曾有人说，如果不了解中国的礼仪，把握一条就不会错，那就是“敬让他人”，也就是谦让。平常也是“礼让”并称，比如经常听说的“礼让三先”，不过至今也没搞明白是哪“三鲜”。这里孔子通过射箭比赛，来说明礼让的精神，即使竞争、竞技也是在礼的约束之下进行。先相互行礼上台比拼，下来后还要喝酒，一般赢了的说句“承让”，输了的回句“赐教”，彬彬有礼，诚敬谦和。这也是儒家一贯倡导的“和谐重于冲突”的体现，友谊第一，比赛第二。

都说儒家的礼是对贵族的要求，孔子作为没落的贵族，主要贡献就是把礼的教育向所有人宣扬，“有教无类”。其实，中国贵族文化的首要标志就是“礼”。春秋时代的上层社会中，“礼”无所不在，今天无所不在的是“钱”。开篇所说的宋襄公的例子，在春秋早期这是约定俗成的规矩。“春秋时代的车战，是一种贵族式的战争，有时彼此都以竞技的方式看待，布阵有一定的程序，交战也有公认的原则：也就是仍不离开礼的约束”。

春秋时期的军队都是以贵族为主体，普通的平民只能从事后勤补给而参与战争，不能当战士的。所谓“战士”，当然是与

“士族”联系在一起的。战士人数不多,几百辆战车,每次战争一般不超过一天,打完还能回家赶个晚饭。因此,那个时候的战争更像是西方绅士间的决斗。在战争中比的是勇气和实力,偷袭、欺诈、乘人之危都是不道德的。作为殷朝贵族后代、从小受到严格贵族教育的宋襄公,讲究贵族风度是他根深蒂固、深入骨髓的观念。

那时的战争更像是体育比赛,风度大于胜败。《左传·昭公十七年》记载的宋国公子城与华豹之战十分典型。双方战车在储丘相遇,华豹张弓搭箭,向公子城射来,结果却偏离目标。华豹动作敏捷,又一次搭箭上弦。公子城一见,对他不屑地大喊:“不更射为鄙!”意思是战争的规则是双方一人一箭,你射了我一箭,现在应该我射你一箭,不守规则太卑鄙了!华豹闻言放下弓,老老实实地等公子城搭弓。结果宋子城一箭射死了华豹。但史书并没有说华豹是“蠢猪”,相反却肯定他以生命维护了武士的尊严。

正如钱穆先生所评价说:“当时的国际间,虽则不断以兵戎相见,而大体上一般趋势,则均重和平,守信义。外交上的文雅风流,更足表现出当时一般贵族文化上之修养与了解。即在战争中,尤能不失他们重人道、讲礼貌、守信义之素养,而有时则成为一种当时独有的幽默。”与我们春秋时期的战争规则如出一辙的是欧洲骑士的行为准则:不伤害俘虏,不攻击未披挂整齐的骑士。不攻击非战斗人员,如妇女、儿童、商人、农民、教士等。

文化是带领人们出离野蛮、走出丛林的天使。动物的本性是弱肉强食,是龇牙咧嘴、血腥厮杀,是宰割他人、占有别人。而文化正是对这种动物性、攻击性的限制,成为文明的竞争。但春秋以后,进入战国时期,这些竞争的礼仪逐步被尔虞我诈的兵家所代替。进入了王朝时期,更是为了争夺皇帝的宝座,一将功成万骨枯,贵族精神也就此断裂。

今天,众多国人崇拜西方骑士精神,却很少有人意识到,儒家所提倡的礼仪正是我们自己的贵族精神,一点都不比别人差。而我们却把自己的贵族"宋襄公们"丢进了垃圾堆,成为被鄙视和嘲笑的对象,贵族变成了"蠢猪",还谈什么贵族精神?好在我们进入了更加文明的现代社会,是否能够让"礼让"的贵族精神回归呢?

打好底色再谈成长

1938年,卢作孚的民生公司把中国兵器工业、航空工业、机器工业的命脉运进了四川。这个民营公司的总经理,在国家的危亡时刻,调集了民生公司能调集的所有轮船,24小时抢运。民生公司在宜昌大撤退及整个抗战中牺牲巨大,有9艘轮船被炸沉、6艘被炸坏,包括最大的“民元轮”。政府征用阻塞船道5艘,2028吨;军工运输受损5艘,4188吨;被日寇劫持5艘,2662吨。牺牲船员117人,伤残76人。这是一家民营企业所承担起来的责任与牺牲。特别是宜昌大撤退,保住了抗战时期中国的工业命脉。亲历这一壮举的著名学者晏阳初称“这是中国实业界的敦刻尔克。”而这一功绩,几乎完全依靠卢作孚和他的民生公司。卢作孚长期转战于“革命救国”“教育救国”“实业救国”三大领域,开创了以北碚为中心的乡村现代化实验,也是新中国成立后,第一个提出“公私合营”建议的企业家。“他所留下的民生公司、北碚试验区,《卢作孚文集》,其中任一项都足以改变历史”。余世存先生为《卢作孚箴言录》作序,开题便是“中国人生的圣经”。

子夏问曰:“巧笑倩兮,美目盼兮,素以为绚兮。”何谓也?

子曰:绘事后素。曰:礼后乎?子曰:起予者商也!始可与言诗已矣。

子夏问道:“美丽的笑容,酒窝微动;美丽的眼睛,黑白传神;洁白的纸上,灿烂的颜色”,这句诗是什么意思?孔子说:先有白色底子,而后才绘画。子夏说:那么礼在后?孔子说:启发我的是你呀,可以跟你谈论诗了。

子夏对“巧笑倩兮,美目盼兮”是可以理解的,但对“素以为绚兮”却不甚了了。古人在白色的生绢上作画,如果那生绢质量不好,不够白,画就画不好。同样,美女的风采,是先有天生丽质,然后化妆,才会更加美丽。如果先天的条件差一点,也要先多打些粉底吧。今天的不少女士出门前都要花上大块的时间,先“粉刷”再“描绘”,还真能把“东施”整成“西施”。“素以为绚”,也就是先有素才能去绚,化妆的诀窍几千年前的《诗经》里就有了呢。

子夏听了老师的解答后,能够举一反三,又问“礼后乎?”这么说,礼也在后面吧?在什么后面呢?在内心的仁爱之后、诚敬之后。今天讲“敬礼”,先有敬,再有礼,没有敬,那是非礼。孔子一听很高兴,他就是希望自己的学生能够举一反三,“举一隅不以三隅反,则不复也”。如果不能举一反三,就不再继续教(新的内容)。

在字面意思之后,我们看到子夏因诗而悟道。仁为人的根本,礼是后起之文。也就是有了“仁”这个立身做人的底色,再有“礼”加以文饰,就如五彩的画笔,在这样纯洁干净的底色上,描绘出绚丽多姿的人生画卷。离开了“仁”这个根本,一切都无从谈起。礼是这样,人生的成长、成才、成功,同样是建立在这个“底色”的基础之上。“万丈高楼平地起”,没有坚实的基础工程,恐怕楼盖的越高危险就越大,基础不牢,地动山摇。

联想到曾在朋友圈刷屏的“温州女孩滴滴顺风车被杀”事件和“昆山男子被砍杀”事件,有人把这其中的滴滴司机和被杀者“龙哥”的背景深挖出来。滴滴司机的几个标签:“留守儿童”“受教育程度不高”“性格内向”“成年后生活不顺”等;“龙哥”刘海龙的几个标签:“不到20岁出来谋生”“逮谁偷谁”“多次入狱”“反复伤人”等。这些标签的共同指向都是这两人“不是好人”,做人的底色是灰色甚至黑色的,干出不轨的事与其说是偶然事件,不如说是必然结果。

当然,这些标签能贴出一票人,那么就成了社会问题。今天已经走到了“以经济建设为中心”的第40个年头,在大江南北“一切向前看、更向钱看”的语境下,我们有多少人还能观照自己的内心,还有多少人能在乎自己乃至下一代的“灵魂发育”。在奋力摆脱物质贫困的时候,心理上的贫穷和扭曲可曾想过,而这才是人生沉沦真正的原罪。当一个缺少关爱、备受冷漠、胆怯无助的留守儿童、辍学少年长大成人后,他们将以什么样的目光审视这个世界,将以什么样的心态面对这个社会。暗淡的人生底色上,要有怎么的鬼斧神工才能描绘出光鲜靓丽的景色。而又有谁能有这“鬼斧神工”呢?

在丧失了信仰的背景中,就算走上所谓的成功之路,这条路也必将是条不归路。还是滴滴事件,从曝光的种种表现,基本可以看出当时这样一家被资本膨胀成行业龙头的“独角兽”,背后却没有一颗支撑起地位的“灵魂”。没有信仰,何以致远。德不配位,必有灾殃。我不知道那个顺风车公司老总把顺风车定位为“社交平台”,写出“春风十里,不如睡你”广告语,以性暗示的方式宣传平台的公司,底线在哪里?价值观在何处?更不用说有什么信仰了。资本是逐利的,但人不能只看利益;资本是不分善恶的,但人不能没有是非。在人性的恶面前,没有信仰的约束,资本就成了放大器,这样无良的企业做得越大,其危害越广。如果不调整方向,后果将十分可怕。

今天,我们回过头来看看卢作孚。让我们一起重温他的几句箴言:我们做事应取得利益,但应得自帮助他人,不应得自他人损失;忠实地做事,诚恳地做人;我们做事有两重目的,第一是自己尽量地帮助事业,第二是要求事业尽量地帮助社会,我们到何处,便好到何处;我们做生产的目的,不是纯为赚钱,更不是分赃式地把赚的钱分掉,乃是要将它运用到社会上去,扩大帮助社会的范围。正是这样的一个“仁”者,才能说出这样朴实纯净的言语,才能做出利国利民的大事,才能带出一家了不起的企业。

毛主席说卢作孚是我国四个不能忘记的实业家之一。中共中央赞许他“为人民做过许多好事,党和人民不会忘记他”。

学习需要眼力、脚力、笔力、心力

在《我们始终牵手旅行》一书的扉页上，左手和张千里这样说“认识27年，恋爱11年，结婚8年，自助旅行10年，23个国家，十几万张照片，几十万文字。从大学到小编辑再到自由摄影师，唯有梦想始终绽放微小的光芒。爱情迟早退去激情，唯有我们始终牵手旅行”。在不断的学习与行走中，他们记录着属于自己的收获和感受。用两个人的两双眼睛，把走过的路印在脑海里，用两颗心的共鸣，让自己的人生不断丰盈。这样的牵手旅行，有了更深的含义。这样的境界，虽不能至，心向往之。

子曰：夏礼，吾能言之，杞不足徵也。殷礼，吾能言之，宋不足徵也。文献不足故也。足，则吾能徵之。孔子说：夏礼，我能讲，杞国已不能作证明了。殷礼，我也能讲，宋国不能为我证明了。因为他们的文字记载和传承都不充分了。如果充分，我就可以用它们来作印证了。

重温两千五百多年前的古老语言，不仅要把握其中蕴含的精神和价值，还要由此而上溯至孔子本人。他说自己“非生而知之，好古，敏以求之”。如何“求”呢？回到这句求“礼”的描述,孔子为了古老礼仪的学习,不仅全面了解了夏礼、殷礼的文献资料,做到能言之,而且要深入杞国、宋国,寻找礼的印记和传承人,努力做到能"徵之"。这也让孔子的学习态度、精神和方法,活灵活现于我们面前。这是我们该学习的学习。

朱注说:文,典籍也;献,贤也。今天,我们学习传统文化,"文",典籍是太丰富了。"献",按标准来要求自己,身体力行者却少之又少。讲国学、讲《论语》的老师很多,但大都当"经典"在讲,而不是当"经"来教。居高临下地评说,旁征博引地展示,事不关己地教训,缺的是孔子所教导的切己体察,放在自己身上去思想,自己照着去实践。

这就引出了一个现实问题,五四以来,儒家由"经"逐渐变成了"经典"。很多人都没有认真去思考这个问题,经?经典?看上去差别不大,甚至有人说,经典不是很好嘛?夸你说的话经典,那是很高的评价。其实不然,经典是文本、教材,而经是标准、尺度。由"经"变成"经典",意味着孔孟之道由价值观降为了知识,由注重实践性转为注重理论性,由现实沉入了历史。甚至连理论的探讨、知识的学习、历史的回顾都那么小心翼翼、战战兢兢。

必须承认,把儒家作为一种知识来学习也不是不可以,但作为一种文化和价值观的学习,更注重学而思、学而信、学而行,如果把传统文化仅仅当成一种文本资料,作知识性的学习,不仅很难掌握其真谛,也无法让传统文化传承发扬。这也是学者与儒者的根本区别,学者探讨,儒者实践。

我们缺少的是后者。不仅是儒者,任何具有坚定信仰者都缺少。儒者执着于“仁爱”，墨家痴迷于“兼爱”，你争我斗，却十分可爱，也都让人尊重。因为，他们都是有坚定信仰的人。而今天，人云亦云、浅尝辄止、指手画脚充斥在思想的天空，却说自己只信“正确的东西”。是的，只信“正确的东西”，当然永远正确，所以永远都有站在道德高点指摘别人的特权。如此投机，哪有信仰，分明就是“杂家”。

回到学习方法论的层面，就文化的学习而言，孔子所倡导实践的“文”“献”结合，身临其境的方法，也是我们该借鉴和提倡的。且看三个人：

余秋雨。秋雨老师的建树暂且不表，就其学习研究的方法而言，让人佩服。他冒着生命危险，贴地穿越数万公里考察巴比伦文明、埃及文明、克里特文明、希伯来文明、阿拉伯文明、印度文明、波斯文明等一系列人类最重要的文化遗迹。也是迄今全球唯一完成全部现场抵达的人文学者，万里旅途，边看边思考，其深度和广度让人惊喜。

比尔·波特。一个爱上中国文化的美国人。他长期在中国大陆旅行，写了大量中国风土人情和文化历史的书籍和游记。深入终南山了解隐士文化，著《空谷幽兰》受到追捧；追溯禅宗文化，著《禅的行囊》；追寻黄河源头，沿河而行，著《黄河之旅》；探索中华文明史上最辉煌的篇章，重走丝绸之路，著《丝绸之路》；探秘西南少数民族风情，走遍云南全境，著《彩云之南》，等等。他的足迹，让人折服。

李零。别人写文章用手，而李零的文章是用脚写出来的。比如他的《我们的中国》系列，完全是历史、文化与考古、地理的完美融合，字里行间都是历史的现场在流淌。比如他在写《大地上的论语》剧本时说“文物古迹，别时容易见时难，我希望用我的眼，记录我看到的东西，给研究孔子留点资料”，8 集纪录片的脚本，走了 24 个县市，行程 6000 公里。既学之，又徵之，不服都不行。

读万卷书，行万里路。学习不仅是纸上谈兵，更要有过人的眼力、脚力、心力和笔力。如此，方能求得真知。

心在哪里,哪里就会开花

苏霍姆林斯基《给教师的一百条建议》中有这样一个案例:有一次,苏霍姆林斯基去听一位历史教师的课,听课时他总有一个习惯,记下执教教师的教学环节,课后给予点评。可那堂课讲课教师一下子就把他吸引住了,直到下课,他笔记上没有一个字。那课太吸引人了。课后他问那位执教教师:"你备这堂课花了多长时间?"老师回答:"我花在备课上的直接时间是15分钟,但我是一辈子都在备这堂课的。""心在哪里,哪里就会开花"。

祭如在,祭神如神在。子曰:吾不与祭,如不祭。"祭",指的是祭自己祖先。"祭神",是祭外神。祭祖先,就好像祖先在场一样。祭神,就好像那神仙在场一样。孔子说:我不能亲自参加祭祀,那就和没有祭祀一样。敬是本,礼是末。在中国的传统节日中,有两个是被十分看重的,一个是春节、另一个就是清明节。如果说春节是活着的亲人团聚,意味着团圆,那么清明节就是与故去的祖先对话,意味着传承。所以,不论工作多忙、地位多显赫,这两个节日大都要回到故乡。不能说自己工作忙，走不开，就让别人去替你尽个孝、上炷香。那证明你还是没有把祖先、神灵，排在心中重要的位置。

孔子是不太谈论鬼神的，“未知生，焉知死”。他关照的是现实和现世，死后的事不知道。“知之为知之，不知为不知”。既然不知道，就不能肯定它有，也不能肯定它无。所以，有人说孔子对鬼神是“如有神论”，就是把它当成有一样。这也体现了儒家的思想，有神和无神是对立的。不仅是孔子那个时代，就是今天科技如此发达，也不能完全否定鬼神的存在，反而给“鬼神”的空间叫上了更加有科技感的名字。那就当它有吧。

对鬼神“存而不论”，但对鬼神的意义却充分发挥。不知道鬼神是否存在，但就像“举头三尺有神明”那样，始终心有敬畏，行有所止。在当时文化普及不高的情况下，这是十分有效的，鬼神就成了天道的化身。普通老百姓哪怕不懂孔子学说的本真，说不出形而上的理论，但对鬼神还是有所敬畏的。在这一点上，墨子比孔子要极端，他公开说鬼神存在，以求让鬼神的力量来约束人们的行为。其实，很多入世的宗教都是这样做的，佛经里面将人们日常生活中与佛法相悖的种种行为都一一罗列，逐条指出后果报应，让人念诵之后，不寒而慄，哪还敢越雷池半步。

儒家的重心不在鬼神，而在人心与礼乐。由此，教化之道不是神教，而是文教。君子所看重的不是对鬼神的知晓，而是对祭祀这种礼仪的诚敬。祭祖祭神，其实是修心，一切礼仪都是自己与内心的对话。其实，随着岁月的流逝，除了自己所熟知的亲人，祖先已不再是一个个具体的人，而是重叠在一起的一个形象,积淀为家风家训。祭拜祖先的过程,重点在重温这种家族传承,进而检点自己的言行。所以“慎终追远,民德归厚矣”。

鬼神难确定,圣贤在人间。既然孔子没有像释迦牟尼、老子和上帝那样幻化成神,那他本质上还是与我们一样,是个活生生的人。信仰还在人间,圣贤也是凡人。而且,用功利的眼光来看待,孔子算不得“成功”。如此,便有子路那惊天的一问,“君子亦有穷乎?”是的,何必君子,圣贤都未超脱,“累累若丧家之狗”,那又何必信仰。既然“道不弘人”,那就得自己去争取“利益”。利益便被尊为最高和最后的价值,强权和欺骗耀武扬威,取代了落魄的孔子,成了人间的主宰。不拜造物的主,只拜主造的物。

哪里不敬畏“神”,哪里就没有信仰。无论这“神”在天国还是人间,没有了心灵的依托与归宿,人世间就只剩下人性的丑陋、罪恶、羞愧和卑贱分明是一群野兽在撕咬。如是,有人就开始造神,直到那皇帝老儿成了凌驾于一切之上的“万民万物之主”,孔子、老子和佛陀便回到木像泥胎,关进了各自的庙中安歇了。以儒为师变成了以吏为尊,道统与治统终于一统。自秦小降,直至明清,读书人逐渐变成了依附于权贵的“皮毛”,眼里只有一个大大的“官”字。斯文扫地,信仰无存。

孔子何时为名利而生,世道何时因利益而进步。不分是非,只讲利害,便没有了善良和快乐。是时候回到“仁爱”的初心了,这是心灵最该拥有的状态,也是人生最该生发的情怀,更是人们最该信仰的未来。

祭如在,学如在,心如在。

心在,花便会盛开!

蝲蝲蛄叫就不种庄稼？

毛主席1930年5月《反对本本主义》中说：迈开你的双脚，到你的工作范围的各部分各地方去走走，学个孔夫子的“每事问”，任凭什么才力小也能解决问题，因为你未出门时脑子是空的，归来时脑子已经不是空的了，已经载来了解决问题的各种必要材料，问题就是这样子解决了。

子入大庙，每事问。或曰：孰谓鄹人之子知礼乎？入大庙，每事问。子闻之，曰：是礼也。“大庙”读作“太庙”。是周公的庙，鲁国是周公的封国，周公是始祖。孔子的父亲叔梁纥曾经当过鲁国一个叫鄹的地方的大夫，故当地人称孔子为鄹人之子，也说明对话的时间应该是孔子年轻的时候。这句话的意思是：孔子到周公庙去，看到什么事都要问个明白。有人就嘲笑他，谁说鄹人的儿子懂得礼节呀，他在周公庙什么都不懂，遇到事情总是问。孔子听后说：我“每事问”，这就是礼啊。

孔子以前对这些礼是知道的，但并没有进过太庙，见到实物和实情，所以要一件一件确认，反复问清楚、搞明白，也和平时所学确认印证一番，执礼者当如是也。

这里，说明孔子对周公、周礼的尊敬和谨慎的态度。同时，也体现孔子重视多见多闻、虚心请教。毛主席把“每事问”当作一种工作方法，以此来说明解决问题必须重视调查研究。孔子还强调“博学于文”，要广泛地学习六艺，因而在方法上就要多见多闻，虚心请教，“三人行，必有我师焉。择其善者而从之，其不善者而改之”“敏而好学，不耻下问”。

这些内容是字面的解释和分析。但这里再深下去一层，该借鉴孔子的那种信念和定力。人性中有一种天生的“羞耻感”，就是在乎别人的看法和想法，自己觉得事情该不该，关键看别人怎么想，通俗讲就是“人言可畏”。儒家的文化中倡导“二人结构”，就是我怎么样，需要别人来定义，比较关注别人眼中的自己，甚至别人眼中的自己才是最重要的。比如，日常生活中，我们无意中经常教育孩子说，你这样会“被人笑话”“会丢人”，等等。

这种心态，在一定程度上失去了自我。一对父子牵着驴上街，两人都步行，有人说他们脑袋笨；儿子骑，有人说儿子不孝顺；父亲骑，有人说父亲太狠心；父子同骑，有人说他们不爱驴；最后，父子只好抬着驴回家了。这个笑话告诉我们，如果自己没有主见和定力，处处为别人的言行所左右，只能干出“父子抬驴”的傻事。

孔子知礼，世人皆知。但他入太庙“每事问”，就有人说三道四，背后议论，甚至以这件事来否定孔子。如果孔子没有内心的遵从和定力，要么很气愤与人理论，要么畏人言而改变自己，甚至成了“抬驴”的父子。

“听到蝲蝲蛄叫就不种庄稼?”农民兄弟当然不会因为几声蝲蝲蛄叫就不去种地了。人在社会中,面临的“蝲蝲蛄”形形色色,既可能有“三人成虎、无足自行”的谣言,也可能有“作舍道傍、三年不成”的纷争;既可能有“众说纷纭、是非难辨”的喧哗,也可能有“名利相诱、拍马逢迎”的蛊惑。如果缺乏定力,就会纠结迷茫,无所适从。

这就要有孔子那样的定力,“是礼也”十分肯定,不由分说。我所做的就是礼,这份从容淡定,冷峻执着,今天读来,仿佛还能看到孔子那坚定的目光和平静的容颜。是的,成大事、做学问,都要有这样的定力。这定力,是“不畏浮云遮望眼”的洞察,是“咬定青山不放松”的坚韧,是“泰山崩于前而色不变”的沉着。

“定而后能静,静而后能安,安而后能虑,虑而后能得”。知道应该达到的境界才能够使自己志向坚定;志向坚定才能够镇静不躁;镇静不躁才能够心安理得;心安理得才能够思虑周祥;思虑周祥才能够有所收获。须知,花繁柳密处拨得开,才是手段;风狂雨急时立得定,方见脚跟。心中有数,才能行之不改、进退有据;心中有定,才能风吹不动、雷打不移;心中有谱,才能不忘初心、不改琴弦。

做个正常的人就好

中国历代宰相级官员中,出身商人的非常少,有人统计仅有先秦的管仲、元朝阿合马、镇海和桑哥、民国宋子文和孔祥熙。管仲很长寿,活到八十多岁,他早年潦倒,盛年治齐。吴晓波认为,管仲是中国古代版的“凯恩斯”,在公元前7世纪,地球上绝大多数地区仍处于蛮荒时代,中国却诞生了管仲这样一位经济大师,实在算是一个奇迹。他所辅佐的君主是齐桓公,此公有“三好”:好吃、好田、好色。而管仲本身是一个战场逃兵和失败的商人,曾经“三辱于市”,这样一对奇怪的组合,却完成了中国历史上第一场,也是很成功的经济大变革,四十年而成霸业。

子曰:“管仲之器小哉!”或曰:“管仲俭乎?”曰:“管氏有三归,官事不摄,焉得俭?”“然则管仲知礼乎?”曰:“邦君树塞门,管氏亦树塞门;邦君为两君之好,有反坫,管氏亦有反坫。管氏而知礼,孰不知礼?”这句话是孔子评价管仲的话,他说:“管仲这个人,器量真小”。有人说:“管仲节俭吗?”孔子说:“管仲收取大量的租税,专职人员很多,怎么称得上节俭呢?”“那么管仲懂得礼制吗?”“国君兴建宫殿照壁,管仲也兴建照壁;国君为外交国宴,有安放酒盅的专用设备,他也有。如果说管仲知礼,还有谁不知礼呢?"

孔子批评了管仲三个缺点:器量小、不节俭、"不知礼"。似乎孔子眼里管仲这个人就并不怎么样,如此看来,孔子应该是否定管仲的。再往后看《宪问篇》,当有人问孔子对子产、子西和管仲三人的评价,用今天的话说就是问"子产这个怎么样?""子西这个人怎么样?""管仲这个人怎么样?"应该是问孔子对这三人的总体评价。孔子回答:"人也。"《论语译注》将"人也"翻译成"人才"。大多数时候,被译为"仁也"。这里,孔子对管仲的评价应该是肯定的。或许是管仲办事能力强,或许是管仲秉公执法,历来说法较多。总的来说,孔子对管仲是肯定的。

管仲、召忽曾经辅佐公子纠,是公子纠的人。齐桓公即位,逼鲁国杀了避难于鲁国的公子纠,而召忽也自杀,所谓"从主死节"。管仲不但没有"从主死节"反而做了齐桓公的宰相。因此,子路、子贡似乎都觉得管仲不能算"仁",便问孔子。殊不知孔子却回答:"如其仁! 如其仁!"就是因为管仲使"桓公九合诸侯,不以兵车"而"一匡天下,民到于今受其赐"。不轻易许人以仁的孔子,这里却毫不犹豫的许管仲以"仁"。

这里涉及到孔子的一个重要观点。他说管仲不懂礼,但却又说管仲"仁"。也就是"大行不拘细节",造福于民的功业大德高于某些行为细节和个人私德。这与宋明理学以来评价人物偏重个人私德的标准尺度不一样。一些治世能臣、乱世奸雄,从桑弘羊、曹操到张居正、杨炎等,均因不符合理学"内圣"

标准而遭宋明理学家贬斥。如傅雷先生所说的“从南宋的理学起一直到清朝末年，养成规行矩步，整天反省，惟恐背礼越矩的迂腐头脑，也养成了口是心非的假道学、伪君子”。眼界与胸怀也越来越小，最终无聊到把眼光盯着“妇女再嫁”之类的个人私事，把“仁”变成了“吃人”而不自知。

事功在个人私德面前一文不值，这样的倾向到今天仍然存在。所以很多人都信奉“明哲保身”“洁身自好”“爱惜羽毛”的那一套，这背后深层次的原因恐怕还是文化对人的评价上。一个毫无建树的“完人”往往比一个有些许缺点的“能人”更受推崇，甚至有时后者根本就无法生存、不得善终。这样把为众人做事的政治与为自己修为的私德混杂在一起的做法，让每个想做官做事的人，不得不把个人私德当成头等大事，追求“内圣”的安全基础上的“外王”。重视什么，什么就容易被异化。私德被抬到很高的位置，标准便不是常人所及，“伪装”“造假”“两面人”自然层出不穷。防止私德的异化，就要让政治的归于政治，道德的归于道德。

但同时，我们也要明白，不异化私德，不是不要私德。在现代文明社会中，包括掌权的“达”者在内的公众人物，其私生活隐秘权是小于一般公民的，标准要求也是高于普通人的。

今天，我们需要的不是“完美的人”而是“正常的人”，大家都做个正常的人就好，无论是高官还是学者，否则，虚伪的面具撕开后，露出的狰狞只会让道德跌下神坛，信任便没有了基础。说到底，那些“高大全”的“完人”，还是少来的好。

没有大格局何来大气象

唐明皇因安史之乱由京城一直逃到成都，终于靠郭子仪打败安禄山而收复两京，郭子仪也因功封王。后来，唐代宗把公主下嫁郭子仪的儿子。有一次小两口吵架吵得很厉害，郭子仪的儿子说，公主有什么稀罕的，当年要不是我父亲，还有你这个公主吗？这句话讲得太严重了，公主一气之下，进宫报告了唐代宗。郭子仪听说之后，深感此事非同小可，马上把儿子绑起来送进宫中。代宗见亲家把女婿绑进宫来，不但不生气追究，反而安慰郭子仪，小两口吵架是常有的事，你去管他干嘛？

子曰：居上不宽，为礼不敬，临丧不哀，吾何以观之哉？孔子说：在上的位置上，不能宽以待人；执行礼仪，不能庄重认真；遇到丧事，没有哀痛之心。这还怎么看下去呢？这句话朱熹注解说：居上主于爱人，故以宽为本。为礼以敬为本，临丧以哀为本。在上位者，必有宽仁之心待下，宽宏大量，仁爱关心。反过来，如果心中没有对下属的宽容和关爱，就不配做国君、做领导，说什么都是虚的，这就是上位者的气度。礼节仪式必有恭敬之心，如果对自己所祭拜之神，并不相信，并无恭敬，装模作样，自欺欺人，纯属表演，别人一眼就能看穿你。临丧之际，必有哀痛之心，如果心中没有哀痛的情感，走个过场，甚至嘻嘻哈哈，孔子说他是看不下去的。这些都是讲要守住本来，居上的“本”是“宽”，为礼的“本”是“敬”，临丧的“本”是“哀”，脱离了这些“本”，或者本末倒置，就会歪曲、偏离、异化，当然不足一看。

不过，读完这句话，对“居上不宽”这四个字最有感触。切切体会，这四个字中包含着一个国家、一个单位、一个团体、一个家庭的兴亡之道。今天我们经常讲“生态”，而这种生态的塑造却往往由居上者来主导，所有也有人说“领导就是营造一种氛围”，此中不无道理。“太上不知有之”。一个好的领导一定不是一个刻薄的领导，身居高位就要有与岗位相对应的胸怀、视野、格局和境界。这样的领导在自己管辖的范围内，传播的是宽松、友善、和谐的基调，每个人都能相行而不悖，自然会生机勃勃、欣欣向荣，这样的生态则可谓好生态。古人把“难得糊涂”作为一种很高的智慧，大事讲原则、小事讲感情，团队才是温情脉脉的温暖团队。每个人在这样的集体中，自然如沐春风。

相反，如果上位者因为太过精明也好、太过刻薄也罢，搞明察秋毫、睚眦必报，搞风声鹤唳、草木皆兵，搞亲亲疏疏、内外有别，这便是“德不配位”。这样的环境中，带来的是明争暗斗、尔虞我诈、争风吃醋，每个人身在其中都会很不自在，人人自危而无心工作，这样的生态上，不可能出现好的发展。一个单位出现这样的领导，必然会将这个单位带入下降和衰败的周期。

大而言之，一个国家的繁荣盛兴，从文化气象上来说，也同样是这个道理。居上而不宽,必是走向衰败的开始。纵观中国历史,最该记起的朝代当然是大唐,但唐朝却连主体信仰都没有,在精神上完全开放,正是这种胸怀天下的气度格局,孕育了一个世界性的帝国和文明。下面有几个例子,可以很好说明这一点。

欧洲历史上有个景教,在传入中国之前,是基督教的聂斯托利派,公元 431 年,这个教会的领袖聂斯托利被判为异教徒而流放,他的追随者逃到了波斯。公元 635 年,这个教会的一个主教阿罗本来到长安传教。对于这个在欧洲故乡已经被摧毁 200 多年的教派,长安表现出真诚的欢迎。唐太宗派出宰相房玄龄率领仪仗队到长安西郊欢迎,皇帝也亲自听阿罗本讲道,于是长安的义宁坊建起了一座景教的教堂。唐太宗还为这个流亡教派写了诏书。其中有 16 个字,他说:道无常名,圣无常体。随方设教,密济众生。大意是:大道并没有确定的名称,圣人并没有确定的形态,那又何妨在各处存在不同的传教活动呢?让它们静静地帮助百姓。这便是盛世大唐的宗教观,一千多年后仍然振聋发聩。

几年前,从西安出土了一个方形的墓碑,上面刻着墓志铭,从墓志铭的内容看,这是一个 19 岁的日本留学生的坟墓。他在长安去世了,中国的皇帝亲自为这个外国留学生写了墓志铭,墓志铭上还提到了这个留学生的祖国“日本国”,这也是历史上第一次正式出现“日本国”的记载,而这个名字居然出现在中国唐代皇帝为一个 19 岁的留学生写的墓志铭上。日本对此一直心存感激,在西安决定修复唐王朝的皇宫大明宫遗址时，日本政府要对基础工程出资援建。这是否是日本对唐王朝的遥远报恩呢？

唐代不是中国文化的最高一级台阶，但却是中华文明走在巅峰时的状态。余秋雨先生有过这样一段比喻：春天时节，来到了一个生机勃勃的山谷，问山谷的主人，你喜欢哪一种花？主人说，我喜欢每一种花。再问，难道你不能精选出一种来吗？主人说，精选出一种也就没有春天了。如此的大唐，面朝大海！

今天的世界，当美国高举着拳头对全世界虎视眈眈的时候，他就已经不可避免地走向了衰败。一个成天叫嚣着“美国优先”“一切为了美国”的总统，如何能够“让美国重新伟大”，如果他所说的那就是伟大，试问他与自私有什么区别？“居上不宽”的时候，也就意味着美国失去了“居上”的资格，无论情不情愿，都将尘归尘、土归土。

大国应有大国的胸怀，强国该有强国的气度。不是每一个大国都可以演绎成一种优秀的历史文明形态，不是每一个强国都能够留下被人传诵的英雄的名字。“子在川上曰，逝者如斯夫”。从更大的时空坐标和更宽的历史尺度看，今天所发生的一切，甚或美国所创造的一切，不过是人类几千年文明史上的小插曲，中华文明绵延至今，可以与之相比肩对话的又怎么轮得上一个跳梁小丑。

而我们该做的，是在历史深处，唤回那孕育百花盛开的精神气度和春之气象。

心安便是美好

中国禅宗有名的二祖神光,在未见达摩祖师以前,已经用功遍学佛法,而且修习禅定已有八年的时间,后来到嵩山少林寺,向达摩祖师求教。为了求法,他斩断自己左边的手臂,通过了达摩祖师严格的考验,认为他是一个可以担当佛门重任,具有传授心法才器的人。达摩祖师对他说:“过去一切诸佛,最初求道的时候,为了求法,忘却了自己形骸肉体的生命,你现在为了求法,能斩断一条手臂,实在也可以了。”因此,就替他更换一个法名,叫做“慧可”。慧可问达摩祖师说:“一切诸佛法印,可不可以明白地讲出来听?”达摩祖师说:“一切诸佛法印,并不是向别人那里求得的。”慧可又说:“但是我的心始终不能安宁,求师父给我一个安心的法门吧!”达摩祖师说:“你拿心来,我就为你安。”过了好长的时间,慧可说:“要我把心找出来,实在了不可得。”达摩祖师便向他说:“那么,我已经为你安心了。”

子曰:里仁为美,择不处仁,焉得知!“里”,二十五家为一里,今天我们很多街道仍然残留着这样的称谓,比如武汉的“坤厚里”。经常讲的“邻里”的“里”也来自这儿。孔子说话很少提及主语,这样就导致这句话有两种解释。如果把主语定位成“人”,那就是“孔子说:要居住在由仁厚之风的环境里,这才是美好的。如果不能选择风俗仁厚的地方居住,那怎么能算得上智慧呢?”如果把主语定位成“人心”,那就变成了“孔子说:把人心居于仁道,这是最美好的了。如果不是选择仁德之道而居,哪有怎么能算得上智慧呢?”

两种解释都能说得通,前一种解释让我想到了“孟母三迁”,三字经里“昔孟母,择邻处”讲的,近朱者赤近墨者黑的道理,便是择邻而居,也是育儿智慧的表现。现在人们买房置屋,更多关注的是硬件条件和自然环境,再进一步就是看看玄乎的“风水”。殊不知,真正的好风水不仅在于“地利”更在于“人和”。所以,曾有人建议买房要择大学校园而居,与学为邻、与书相伴、与师同处,这不失为“里仁为美”的一种现代解读。

后一种解释便让我想起了文章开头的那位禅宗二祖的故事,心安于何处,便向往何处。孔子一生都是依仁道而生,一生就是学道、悟道、证道的过程。十五岁,开始有志于求学了,也就是立志求道了。三十而立,就是学了十五年,终于找到立足的地方了,立志站在正道上、仁道上。因此,“里仁”便是个人的人格和价值观问题,为人处世找到坐标系,找到自己想走的道路。儒家讲的这个道,对孔子来说比生命还要重要,所以他讲:朝闻道,夕死可矣。

我更欣赏后一种解释。我们的文化传承了几千年,文脉不断。一代一代,薪尽火传,生生不息,也谓之“道统不断”。“道”便成了中华文化的精髓,不仅仅是儒家,道家和佛家一样都指向一个去处,那就是一个“道”字。有个形象的比喻,就像地球和月球都有自己的轨道一样,人也有自己的轨道。一个人真正的学问之处,安身立命之处就在道上,当我们顺道而行的时候,人生顺畅,逆道而行的时候,就会受阻滞、不如意。

儒家的“道”是“两个人”,是在人群中的生存法则;道家是“一个人”,关注自己的修身养性;佛家是没有人,从我执到无我的修为中,照见芸芸众生。所以他们三者分别是,见天地:“见局限,见到自己的渺小”;见自性:“见到自己的优点和缺点”;见众生:“超脱的境界,超脱天地超脱自我,只是单纯地见到众生”。也可以将三者理解为人生不同阶段,甚至是逆境顺境的循环。但无论怎样的循环和转换,始终要立于正道之上,与孔子而言,便是“里仁”。

“里仁”是美好的,但“里仁”却不是甜蜜的、更不是功利的。不要以为做了好人就有好报,做了好人不一定有好报,而且做好人也不是用来求好报的。如果认为“里仁”便处处都行得通,到处都能得到欢迎,那我告诉你,错了,有时候甚至恰恰相反。这样看来,“里仁”本身就是勇敢者的选择。

“里仁”又真的是美好的。古人讲“宅心仁厚”,心住在“仁厚”的宅子里,是最踏实的。“里仁”者便是君子,这君子维护着天地间的正气。有了这样的境界,人生的格局就会豁然开朗。因为,道德不一定让我们成功,但一定让我们成人。不成人如何成功?同样,人民有信仰,民族有希望,国家有力量。两千五百多年前的孔子,就是这样一个温暖的老人。今天学习《论语》,也要坚定立于仁道而不移,做一个温暖的人,既温暖自己更温暖世界,最终为这个世间多一份正气,也成就一个高格调的人生。

里仁,为美!

红尘多纷扰　修好一颗心

《西游记》第一回讲石猴出世后通过自己的努力当上了猴王,白手起家赢得了荣华富贵,好像英雄一世无所缺憾了,这时一只老猴子在酒宴中死掉了,此时的石猴虽然称王称霸,位极群猴,但依然感受到来自死亡的深深恐惧,由此也引起了他对"猴"生更加深入的思考,最终产生求学长生不老之术的念头,道心由此打开了一个缝,一步步引领他走上了修行之路。那求道的地点是何处呢?叫作"灵台方寸山,斜月三星洞"。"斜月"就是一钩;"三星洞"就是三个点。合在一起就是一个心灵的"心"字。就是人心,所以叫"灵台方寸"。这就是后来的斗战胜佛,当时的猴王问道求学之地。那老师是谁呢?"洞中有一个老神仙,称名须菩提。"《华严经》讲:菩提心者,名为种子,能生一切诸佛法。就是在人心之中,种下菩提种子,自耕福田,让它长大,经九九八十一难,终成正果。这个时候人心就变成了菩提心。

子曰:不仁者不可以久处约,不可以长处乐。仁者安仁,知者利仁。"约"是节约,这里指的是穷困的意思。这句话的字面含义比较简单,不仁的人不能长期安处于穷困的环境中,时间长了，他就不要原则了，不择手段要改变；也不能长期安处于富贵安乐的环境中，时间长了，他也要抱怨。“仁者安仁，知者利仁”。仁德的人，仁则心安，不仁则不安。仁是仁者的本心、本性，是其坚守之道。智慧的人，知道“智慧的巅峰是德行”，懂得“小胜靠智，大胜靠德”，知道仁义的价值和利益，所以会努力按照仁德的标准来做。

读到这句话的时候，脑袋里反复出现的是一个大家经常看到的话题“这个时代是个浮躁的时代”。细心观察身边的人们，大都处于焦虑烦躁的状态，充满着对自身处境和生活的不满。有种奇怪的现象：老师说坚决不让自己的孩子当老师，医生说坚决不让自己的孩子当医生，甚至连公务员都不再像以前那样想自己的孩子当公务员。在变化的时代，人变成了变化的一部分，想停下来，却身不由己。我们试图想抓住什么，匆匆走过之后，松开手除了枯草尘埃，一无所有。

反观30年前，那会儿还可以“接班”，能接上班那是梦寐以求的事儿；再由此向前，子承父业是社会的共识和趋势。木心先生说：“记得早先少年时，大家诚诚恳恳，说一句、是一句。清早上火车站，长街黑暗无行人，卖豆浆的小店冒着热气。从前的日色变得慢，车、马、邮件都慢，一生只够爱一个人。从前的锁也好看，钥匙精美有样子，你锁了，人家就懂了。”

无意于怀古，却深深感动于那份安定的温暖。都说岁月的枯燥反复，足以把柔软的心灵摩挲出厚厚的茧子，人们也就习惯于把心藏在那茧子里，以坚硬的外壳对人，既寂寞了自己，也冷漠了别人。有人把孩子般童真的心灵比作一面明亮的镜子，可以照见世间所有的美好，经过岁月风尘的磨砺，这面镜子没有打磨得更加光洁，却变得不再明亮，还长出了叫做名利的锈迹。以至于我们自己都忘了还有一份真性情，带着与生俱来的纯真和美好，而儒家认为那便是叫人作“善”的“仁爱之心”。行星有自己的轨道，偏离了便要坠毁，车马有自己的道路，离开了便寸步难行，人当然也要有“道”，不走在这“道”上，自然左右不是，如夫子所言“不可以久处约，不可以长处乐”，这也不舒服那也不对劲。

儒家价值体系中，终极追求不是上天堂，投好胎，更不是“赎罪”，而是“青史留名”，历史对他的评价，所谓“留取丹心照汗青”，这是终极追求目标。从“打倒孔家店”开始，把这一套逐渐消解了。这或许便是我们的浮躁、烦躁、焦躁的根源所在。随着这套几千年安身立命的体系崩解，我们的文化混沌，杂乱无章，无法再提供人的终极目标。用以感召人们的核心文化精神苍白无力，多数人心中除了功名利禄之外无所支撑，找不到精神家园。我们内心非常需要信仰，人心里没有信仰，日子是不好过的，也更加需要核心价值观的引领。

如此我们更加需要“立”，这是个人格和价值观问题，为人处世找到坐标系和价值观，找到自己想走的道路。儒家讲的这个道，对孔子来说比生命还要重要，所以他讲：朝闻道，夕死可矣。“儒”是一个人一个需，也就是做一个被人需要的人，一个有信仰的人，这叫“而立”。中国文化传承了几千年，道统不断。道是中华文化的精髓，不仅仅是儒家，道家和佛家一样都指向一个去处，那就是道。孔子感叹他最喜欢的弟子颜回：一箪食，一瓢饮，在陋巷，人不堪其忧，回也不改其乐，贤哉，回也！幸福和快乐当然需要条件，但是，真的需要那么多条件吗？一箪食一瓢饮可以很快乐，吃大餐喝美酒可以不快乐。快乐来源于心的安稳。

清代大学士张英说：人心至灵至动，唯读书能养也。我理解张英所说的读书，是让心灵在饱含着“仁”与“爱”之书中畅快徜徉，就如久在红尘之中的游子，回到了故乡，那份皈依与恬静，不论什么时候想起，都能在心灵深处得到最美好的回应，都能在嘴角流露出最温馨的一笑。

生如逆旅，行走于天地之间，便要有立于天地之间的那颗心，千帆过尽、万水朝宗，方知“是非即是成败”“大道便是捷径”，如何不稳、如何不定、如何不安。

改冯唐《成事》中的的三句话：不计较，不着急，不害怕。

心在仁在，如此安好！

立志做好自己

三国时的周处,从小就是个生命力极度旺盛的少年,精于武艺,勇力过人,逞强好胜。具有唯我独尊的英雄主义思想。因此一度骄横跋扈横行乡里,乡党莫不厌恶。他受人语言刺激而潜入深水中追斩蛟龙,回来时发现乡人们居然误会他死于江中而大宴庆贺,他反省过去的霸道行为是多么令人厌恶。于是他向当时的贤达陆机先生求教,真诚地向乡人们赔礼道歉,并洗心革面,改造自己的思想言行,后来成为一名为国尽忠的良将贤臣而名垂青史。

子曰:苟志于仁矣,无恶也。这句话的注解主要有两种,一是以朱熹为代表的:有志于仁,他的心诚在于仁,那就不会去做恶事。另一种是南怀瑾老师解的:一个人有志于仁,就不会把人往坏处想。南老师的说法在文字上可以说得通,但于情理和孔子一贯的爱憎分明却有些格格不入,所以第一种解释更加可靠些。

“苟志于仁”很容易就让人联想到“仁人志士”。现在我们常说的“仁人志士”,经常与“抛头颅,洒热血”联系在一起,有点舍身取义、杀身成仁的味道，一个活脱脱的戴着枷锁，阔步走向刑场的革命者的形象。但孔子所说的“志于仁”者，该是有志于做一个仁者，有仁德、有操守、有情怀。这里的“志”不仅仅是改造世界，更多的是改造自我，立志从我做起，做个君子。

孔子与子路有过对话，“修己以敬”“修己以安人”“修己以安百姓”。做人也罢，为官也好，无不从修己开始。尤其对于为政者，儒家讲究“名正言顺”、讲求“率之以正”，也就是当官要有当官的样子。这个样子不是简简单单的表面文章，而是实实在在的身体力行。没有当官的样子而身居高位，那是小人得志，是不仁而在高位，“不仁者在高位，是播其恶于众也。”从来没有听说自己不安，而能够安别人的，更没有听说过于己不敬而能够敬人的。这样的“不敬”“不安”者一旦走上领导岗位，那就难为百姓了。

俗话讲：起家犹如针挑土，败家犹如浪淘沙。一个社会的风气也是这样，风气的恶化或许很快，但风气的修复却只能从一点一滴开始。当一个集体里，人人都立志自己做个好人，这个集体就有希望。如果一个集体里，人人都想着别人该做个好人，这个集体将走向深渊。很多时候我们习惯于当手电筒，总把道德的要求和做人的标准指向别人，却忘了问一问自己是否已经做好了。都拿着手电筒照着别人的时候，每个人的眼前都将是白茫茫的一片，这样的集体便难逃乌合之众的状态。

雪山的崩塌，没有一片雪花是无辜的。发生在重庆万州的22路公交车失事的惨剧，让人痛心疾首、唏嘘不已。一方面我们为这样的“大妈”而不齿而愤怒，一个“垃圾人”让全国人民咬牙切齿，一个“垃圾人”让一车乘客为她殉葬，当然可恨。另一方面我们也要反思自己，这样的戾气，是否也有我们每片“雪花”的一点责任。反思自己，有则改之无则加勉，就如那碗鸡汤说的那样，“从好好说话开始”。而不是对着屏幕发泄一番之后，心安理得地把手中的垃圾扔在了路中间。

虽然鲁迅先生说：“真正的勇士敢于直面惨淡的人生，敢于正视淋漓的鲜血”。但善良的人心是柔软的，却害怕看到这样的悲剧，而不仁者却把它当成发泄的盛宴。比如某报，一边造谣与公交车相撞的女司机逆行，让“不明真相”的群众把无辜的女司机祖上问候了无数遍。事故原因查明后，它又摇身一变，教育“地方政府部门和工作人员理应发布准确信息”。横竖都是理，左右都赚点击率，新闻工作者的操守当成手纸，擦完冲进下水道了。什么时候这样的悲剧不再成为某些大V小V、愤青杠精消费的“人血馒头”了，而是在深深悲痛之后，默默反思自己，社会风气就会真的变好了。

善良的人，遇事往往会反思自己的过失。而邪恶者不论自己做了什么，原因都在别人身上，实在不济，还有万能的背锅侠，叫“政府”。每当我们面对悲剧的时候，便有一种声音如苍蝇一样挥之不去。那就是“政府干什么去了”“国家怎么不作为”“政府的不公平导致的”等等，不一而足、千奇百怪。不管出了什么问题，最终都能扯到政府身上，在竭嘶底里、慷慨激昂地谩骂一番。殊不知，世间最大的恶，不唯是伤害弱者，而是恶徒在实施伤害时，还有人把这种恶的行为合理化。

对于这些人,我想借用佛家的话“人要慈慧双修”,既要有霹雳手段,更要有菩萨心肠。

不能把赚钱当成信仰

2018 年 11 月 16 日，上交所在前期征求意见的基础上，正式发布实施《上海证券交易所上市公司重大违法强制退市实施办法》，同时发布《上海证券交易所股票上市规则（2018 年 11 月修订）》和《上海证券交易所退市公司重新上市实施办法（2018 年 11 月修订）》。在此过程中，上交所广泛吸收市场各方意见，凝聚共识，明确了重大违法强制退市的具体违法情形和实施程序，制定了标准更客观，程序更透明，针对性更强，威慑效果更好的重大违法强制退市相关业务规则。明确了 4 种重大违法退市情形，即首发上市欺诈发行、重组上市欺诈发行、年报造假规避退市以及交易所认定的其他情形。新增社会公众安全类重大违法强制退市情形，回应社会期待。退市新规的发布实施，将进一步夯实基础制度，规范市场出口，引导合规发展理念，提升上市公司整体质量。

子曰：富与贵，是人之所欲也；不以其道得之，不处也。贫与贱，是人之所恶也；不以其道得之，不去也。君子去仁，恶乎成名？君子无终食之间违仁，造次必于是，颠沛必于是。孔子说，富贵是人人都想要的，但如果不是正道得来的，那我就不要。反过来,贫贱是人人都不喜欢的,但如果以不正当的方式脱贫,那就还是不要脱贫吧。君子如果违背了仁,那怎么能称为君子呢?君子没有一顿饭的工夫是违背了仁的,匆忙之时仍然是仁,颠沛流离之时仍然是仁。

这句话值得大讲特讲,尤其是在当前这种被市场交换原则侵蚀了方方面面的大背景下。孔子以富贵为例,把君子对仁德的坚守讲得十分深刻和生动。从富贵、贫贱的取舍之间,以至于穿衣吃饭之日常,颠沛流离之中也不会“去仁”,不会放弃仁。就如那句脍炙人口的名言:高尚是高尚者的墓志铭。任何时候都不会放弃仁的才是君子,仁在君子那里比生命都要重要。就如水对于鱼儿一样重要,离开了水鱼儿便无法生存。君子也以仁为美,这是君子的动力、源泉、坚守和褒奖。

有人曾戏言:中国人是当今世界唯一一个以赚钱为信仰的族群。我想不论谁听到这句话都会生气,但看到那些一个又一个毫无底线的“新闻”,毒疫苗还没处理完,红黄蓝幼儿园又来了,注水牛肉阴魂不散,虐童事件层出不穷,只有更无耻没有最无耻,一次一次拉低我们的道德红线,不得不说“有钱能使鬼推磨”。更为可悲的是,在我们身边,能赚到钱,成为衡量一个人在社会生活中是否“牛逼”的唯一标识。人们总是说“成王败寇”,总是说“历史是胜利者写的”,总是会容忍、认可和接受这样一条约定俗成的规则:只要赚到了钱,可以无所不用其极;对于赚到钱者,人们很少关注他的钱是否干净,更多的却是羡慕。由此走出了一条从“个体恶”到“生态恶”的恶性循环,整个社会生态系统愈来愈呈现出“逆淘汰”:你必须更坏、更恶、更没有底线，才有可能胜出。

人在做，天在看。在每个人都肆无忌惮突破道德底线的时候，惩罚也将让所有人无所遁形。当你对赚钱—不论这个钱是否"以其道得之"——一概给予艳羡喝彩，当你对那个日进斗金的企业家不惜称之为"爸爸"时，你就不要指责那些更有资源、更强势的人会毫无心理负担地无所不用其极，一遍一遍请君入瓮，薅你的羊毛。因为这不过是无数个体突破或想着突破道德底线而追求"富与贵"之后，一种再正常不过、咎由自取的集体惩罚而已。"互相投毒"便是一个表象，我们吃进嘴里的每一滴"地沟油"，都有我们自己闯红灯、丢垃圾的"贡献"。

有人会说国民性、劣根性，试图把这样的结果归咎于几千年前我们的祖先没有给我们造出个好文化来，说着说着真的让自己信以为真了。其实，回顾历史，我们何存故步自封，每一次步履蹒跚之时，都会出现很多求新求变的声音，紧接着便是老树开新枝，我们的落后以百年计，祖先的领先却绵延千年，错不在古人，责任却真切地在我们肩上。今天，各种反思的声音又一次充斥在我们周围，我们有理由相信改变即将到来。但这种改变绝不是全盘否定，"五四"以来走进我们的那些"强力"基因的种子开始生根发芽，那些丢进故纸堆里的文化历史也重新被人们拾起来，这两个方面的融合，才会生出一片新绿。

在大家争着抢着找资源变现的大环境下，更应该有一颗坚定的心，这心中该有那始终坚守的道德，如君子般"造次必于是，颠沛必于是"。有人说，不该讲道德而该求于制度，其实制度又何尝离得开道德。制度是为人设计的，构造着政治、经济和社会相互关系的一系列约束。它由正式的法规和非正式的约束构成,其中前者是划分罪与非罪,合法与违法的标准,违者要被国家机器强制惩罚,后者则主要是划分善与恶的界限,更多的是依靠人们内心的信念良知来遵守。

社会的运行,固然要成为的法律,但更多的是不成文的道德,因为大多数人时常并不违法,却很可能会在道德与不道德之间纠结徘徊。我们擅长从大处审视一个时代,在纸醉金迷的尘埃落地之后,空虚的灵魂一次次昭示着我们的原罪,心中没有了信仰和坚守,便不知道脚下的路该指向何方。这时,该回过头来看看走过的足迹,分明有一个个坚定的脚印,那便是我们这个民族的领路者,一串脚印连接在一起,便画出了道德的界限,分开了善与恶、美与丑、真与伪。

留下这串足迹的人,叫君子。

把生活过成理想的样子

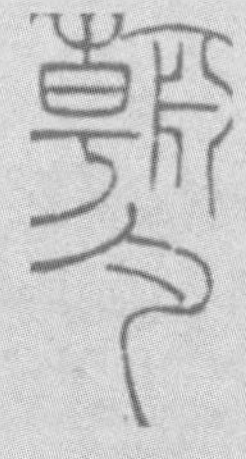

不抱怨是大智慧

“怨天尤人”这四个字不知从什么时候开始，成了不少人的“标配”，见面聊天不发几句牢骚都不知道怎么开口说话了。其实，人生在世，不如意事常八九。所以，我们总是盼望别人能体会自己的烦躁、焦虑和痛苦。所以理解万岁才那么深入人心。如果没有被理解，特别是至亲好友，便会说他们不了解、不理解自己，甚至抱怨老天，这种心理我们都有过。

子曰：人不知而不愠，不亦君子乎？这里面“人不知”有两种解释：常见的解释是别人不知道不理解我；还有一种不被广泛接受的解释是别人不智慧，没有开化。其实这两种解释对于理解这句话是殊途同归，都是别人不能完全理解自己。别人不智慧没开化，就像《论语》里面的樊迟，比较愚笨，总是不懂孔子讲的话，结果也一样是不理解。

从生活中去体悟，孔子这句话可谓意味深长。我们都是“人不知而愠”。人都有被人理解的需要，被人理解却十分困难，所以古琴台上的那对知音才被千古传颂。对于孔子来说，是自己学问太高，曲高和寡，别人难以理解。那么多学生，天天跟在他身边耳提面命的学习，但真正能理解老师的，在孔子看来只有一个短命的颜回。有些学生说自己懂了,还有些学生以为自己懂了,其实他根本没有懂,或者他所说的懂根本不是孔子说的那回事。

这个时候,孔子说不要生气,不生气才是君子。要做到这一点难吗?难!细想来,“人不知”主要是不知我们的什么呢?无非是两个方面,一个方面是“不知道我知道的”,另一个方面是“不知道我做到的”。前者是情绪,后者是欲望。

经常听领导说:“怎么连这个都听不明白”“这人悟性太差”“跟他说个事太费劲,完全是对牛弹琴”。由此形成情绪和态度上的不友好,甚至会带来更大的影响。谈恋爱的时候一句“ta 懂我”该是多么的温馨,反之一句“你不懂我”足以打败所有的温柔。别人不理解自己,便感到郁闷是人人都有的心理,也是一生中影响心情的主要原因之一。但我们反过来想一想,别人知道的事情和道理,我们自己都知道吗?华杉老师说:不要认为别人跟自己一样,我知道的别人就有义务知道;我认为很简单的道理,别人也应该很明白,也有一些对于别人来说很简单的事,我们根本搞不清楚呢!如果都能这样想,倒是能天下太平啦。

万维刚博士在他的《高手》一书中,有这样的一个例子,假如你是一个生物专业的博士生,你的导师是一位著名的生物学家。导师给你安排了非常繁重的任务,你做了很多实验,整理了数据,形成了报告交给了导师。在一次学术会议上,导师做了精彩的报告,这个报告的核心内容都是你的研究所得,甚至PPT 上的图都是你画出来的。可是自始至终,导师根本就没有提到你的名字。会后,人们谈论这个报告内容的时候,也都说那是导师的成果。

这个时候,你会做何感想?你会想,公平的做法应该是讲到这些成果的时候,说明这个成果的主要完成人是谁,最好还应该利用这个难得的机会把你介绍给与会者。但结果往往让你失望。万维刚给出的建议是,你不妨把所有的功劳都给导师。他把这个叫作“给前辈铺路的画布策略”。因为想当大人物,就要先做好小人物,想学会指挥,首先得懂得服从。这也是中国古代匠人收徒的逻辑。你当然可以跟这些大咖讲平等,不行还可以“此处不留爷,自有留爷处”,但人家作为大咖,根本没有必要跟你讲平等,你走了你连接触大咖、向他学习的机会都没有了。而且,帮助别人同时也是在影响别人,如果你能帮助很多人,你本身就变成大咖了,你的影响力就很大,这也许就是气度和格局的力量。

这些细细品味的道理,孔子就把它归结为一句“人不知而不愠,不亦君子乎?”值得切记体察,时时反省,修习实践。明代陈眉公有段对话,“如何是独乐乐?曰:无事此静坐,一日是两日。如何是与人乐乐?曰:与君一席话,胜读十年书。如何是众乐乐?曰:此中空洞原无物,何止容卿数百人。”有此胸襟气度,也自然能做到“人不知而不愠”。不然,知识愈多,地位愈高,智慧不增,就成了“直到天门最高处,不能容物只容身”了,岂不可悲?

巧言令色，鲜矣仁！

在美军的《军人手册》里有这样的规定：不许当面赞颂领导。同时，《军人手册》建议用以下三种方式表达对上级的尊重：一是施以标准军礼；二是认真执行指示；三是尽职尽责提高战斗力。三种方式都与语言无关。

孔子说：巧言令色，鲜矣仁！所谓巧言，就是今天讲的花言巧语；令色，就是讨人喜欢的面色。钱穆先生对巧言令色的翻译是：满口说着讨人喜欢的话，满脸装着讨人喜欢的面色。一个"装"字十分传神。

孔子说的这句话虽然过了两千多年，但今天看到这个句子，我们脑子里一样会冒出一个个熟悉的形象：那个满脸堆笑，满嘴奉承，经常一张口就天花乱坠的家伙，就是我们身边那个谁谁谁。几千年来的人性并没有太大的改变，这也是我们今天要重新品读《论语》的原因。

圣人辞不迫切。圣人说话，不着急，不急于得到对方的回应和认可，更没有在语言中私藏不可告人的目的，也不为自己的利益。平静的言语背后是一颗坦荡的心灵，没有半点造作，这是由内而外流露的是风度和内涵。这种风度和内涵是难以通过外表的伪装得来的，如果过分地外在雕琢，就会变成巧言令色。这种过分装饰的背后，是想用语言和外表取悦别人，进而实现被人认可的欲望。顾此失彼，欲望放肆了，仁心也就少了。古往今来，那些专注于以外表和语言逢场作戏的，不是小人就是政客。

反思平常在工作和生活中，如果迫切想要别人听从自己的意见，就自觉不自觉地用上“非常”“十分”“最”“很”等高程度的副词，“保证”“肯定”“没问题”等承诺词，这些词连在一起的句子有可能让自己的语言变成“巧言”。所以我们要有“为而不有”的状态，说出自己的观点，你听，我很高兴，你不听，我有耐心。因为“人不知而不愠，不亦君子乎？”

孔子所欣赏的状态是：敏于行而纳于言。说得很少做得很多，默默地就将一切都做好了。这样的状态用今天的话就叫靠谱的人。因此，在生活中遇到那些“只做不说”的人要更加珍惜一些，如果你是单位的领导，对这些人要高看一眼厚爱三分。同时，还要受得了别人的巧言令色，不能被华丽的外表和甜蜜的包装所迷惑。往小里说，我们每天都生活在“巧言令色”当中，每一张在我们面前充满虚伪和谄媚的嘴脸，都是陷阱和欺骗的代名词；往大里说，沿着历史的车轮，尔虞我诈的权力游戏在巧言令色中不断重演。

金一南将军举过这样一个例子，美军中央总部司令施瓦兹科普夫，在海湾战争中立下战功，很多人预测他会出任美陆军参谋长，但海湾战争一结束他就退休了，为什么呢？美前参联会主席鲍威尔在他的《我的美国之路》中披露了施瓦兹科普夫没有得到提升的原因：国防部长切尼讨厌他，认为他人品有问题。何以见得？书中描述：在飞往沙特首都历时15个小时的航班上，乘客们排队上洗手间，切尼看见一位少校替施瓦兹科普夫排队，快到时喊一声：将军！施瓦兹科普夫才大腹便便地站起来，插到队伍里面。不止如此，切尼在飞机上还注意到，一名上校双膝跪在施瓦兹科普夫面前，帮他整理制服。这两件事，在我们很多人看来可能不足挂齿，但切尼认为施瓦兹科普夫人品不行，不能出任陆军参谋长。所以，尽管施瓦兹科普夫海湾战争打得不错，打完却很快退役，失去了出任陆军参谋长的机会。

透过这枚他山之石，再回过头来品味这句来自历史深处的“巧言令色，鲜矣仁！”是否更加振聋发聩？我们是否还是把这句箴言作为一句“老练的道德教训”口口相传，而不是落实到监督、规范和制约的机制中呢？正如金一南将军所言：任何军队都有小人，关键是有没有一个机制，阻止小人得势？

我们不禁要问，孔子几千年前就一语道破了虚伪的面皮，为什么这种欺骗与被骗却经久不衰呢？“仁”道神圣，高贵自在，岂容涂鸦。

把生活过成理想的样子

在一个送别的仪式上,同事在讲话稿中的一句“把生活过成理想的样子”出现在很多同事的朋友圈。今天无意中翻到马德的书:最好三餐就简,最好能早起,最好手头有一部喜欢的书,最好有一些爱好,最好是能有几个知己……一口气说了十几个最好,也许这就是生活理想的样子吧?但这是梦想的彼岸啊,怎样才能到达这个彼岸呢?

孔子说:弟子入则孝,出则弟,谨而信,泛爱众而亲仁。行有余力,则以学文。看完马德的那篇最好的生活,面对孔子说的这句话,有种豁然开朗的感觉。我们都想把生活过成理想的样子,都想在梦想的天空自由自在。但卢梭的那句“人生来就是自由的,却无往而不在枷锁之中”,却如风筝的线一样把我们拉回了现实。也许,自律才有自由,其实没有自律的枷锁,何来任性的自由?

“做人要外圆内方才能吃得开”,经常听到长者给我们传授这样处世经验,也似乎真的有那么点哲然的味道。可是仔细琢磨了一下,外面圆滑了,对人倒是可以畅通无阻,在人堆里“滚”的很顺畅,但内方却把个性的棱角都对着自己的内心,每天躺在床上，回味那些“滚”过的圆滑，自己跟自己讲原则，岂不是很痛苦？这么个处世法，怕是要得抑郁症吧？也许，做人还是“外方内圆”比较好，形如八卦，外面以原则示人，进退有据，内心圆融通达，黑白两种观点相行不悖。正如西方哲人说：检验一流的智力的标准，就是头脑中能同时存在两种相反的想法但仍保持行动能力。看来智慧终究不分中西。

孔子的这句话就给我们画出了生活中的原则。“弟子入则孝，出则弟”。后生小子，在家要讲孝道，孝敬父母，出门尽悌道，友爱兄弟。“最好的忆旧，是躺在老家的土炕上，与老父母，与姐弟，历数往事。直到笑了、哭了，夜半鸡鸣，父母提议早点休息，才依依不舍进入梦想，直到鼾声四起”。这幅画面该是多么的温馨，孝悌之道便在其中，理想的生活当以此为基础。

“谨而信，泛爱众而亲仁”。言行当谨慎而守信，对朋友、对社会、对他人都要充满爱心，注重亲近仁德之人。南怀瑾老师在解释这句的时候，特别强调一个“谨”字，不能把“谨慎”变成了“拘谨”，进而成了“小器”。“诸葛一生唯谨慎，吕端大事不糊涂”。理想的生活必然是精致的，精致与谨慎分不开，大大咧咧、不修边幅只能是凑活着过。再就是诚实守信、关爱他人、亲近贤者，主动与贤德之人交朋友，用信与爱浇灌友情，以善待和珍惜让朋友知心。最好的人生需要贤友知己一二。

“行有余力，则以学文”。“文”是文献，指诗书六艺等。就是把前面那些都做到了，还有余力，就可以读书学习，研习六艺了。这也是孔子所倡导的学与做的关系，前面的那些做人做事的道德都实践了，才来考虑人生的进一步丰腴拓展。德行实践是本,读书学习是末。其实,“学文”也是发展自己的兴趣和志向,用今天的话也叫“爱好”。有爱好的人,才显得有意思有趣味,才过得有底气真从容。一个没有爱好的人,无聊的时候,会越发无聊。忙的时候,爱好是生活的一份希翼、生命的一种补充,闲暇时、退休后,爱好就是生命的全部。理想的人生当然要有爱好。

理想的生活就在这些原则中间。

什么阻塞了我们的智慧

二战中,德军闪电战攻陷前苏联众多城市,一直达到斯大林格勒城下,整个苏联都动员起来保卫这座以统帅命名的城市,增补的新兵,活过第一天的就是班长,活过第二天就是排长,活过第三天就是连长。战况之惨烈已经到了人类难以忍受的境地。但仔细分析德军的处境,只要包围斯大林格勒,主力南下,整个战争就是另一番境况。但希特勒把夺取这座城市当成自己与斯大林个人间格斗一样,不惜代价,疯狂搏击。在坚持要攻下斯大林格勒的时候,希特勒已无战争智慧可言。

孔子说:君子不重则不威,学则不固,主忠信,无友不如己者,过则勿惮改。这里的“重”是厚重,“威”是威严。“不重则不威”,人不厚重,则失威严。厚重是一种由内而外的成熟稳健,厚重的人可以随和亲切,但仍然有一种不怒而威的庄重。这句比较好理解,嘻嘻哈哈的样子连小孩子都不怕。“学则不固”,有两种解释:如果把这句与前面那句连在一起解读,那就是不厚重的人,学东西也不会牢固。如果把它独立成句,就可以解释为懂得学习的人就不会顽固不化、孤陋寡闻。华杉老师和李里老师都采用第一种解释,认为厚重才能容纳载物,轻佻之人“一听就懂,一看就会,一过就忘,一用就傻”,似乎也有道理。钱穆老师倾向于后一解,他认为学而有术,增进智慧,自然不会固陋。两种说法都有道理,从文法上,钱穆老师更可信,但华、李两位老师解读的道理也值得学习领悟。“主忠信”,人当以忠信为本。这句的道理前面已经讲过,不再赘述。

“无友不如己者”“过则勿惮改”这两句才是这句“子曰”着重需要讲的。先说“过则勿惮改”,意思太简单,错了不要怕改。三岁以上的孩子基本都知道这个道理,但真可谓“三岁孩儿虽道得,八十老翁行不得。”做到这句实在太难了,难到我们都不敢承认自己做不到。人对于自己的过错,很容易发现。每个人自己做错了事,说错了话,自己一般很快就会意识到。但是人类有个毛病,尤其不是真有修养的人,明明知道自己错了,下一秒就会找出很多理由来,支持自己犯错误是合理的,再下一秒就会觉得自己好像也没啥大错,别人也没做到多好,再想下去就会变成别人不对,而自己没错了。所以发现自己错误,勇于承认并改正的,那真是值得尊敬的真道德、大学问。人生智慧的差别,该算上这一笔。

比这句还要难得的是“无友不如己者”。这句话的解释向来有争议,不少解释为“不要和不如自己的人交朋友”,这样解释那就坏了,孔子变成了势利眼,而且在实践中也没办法做到,都不跟不如自己的人交朋友,那在儒家的世界里,谁还能有朋友呢?这句的合理解释应该结合儒家“贵人贱己”的思想,从内心尊重自己的每一位朋友,不认为任何一个朋友不如自己,也就是“三人行必有我师”,每个朋友都有值得我学习的地方,否则智慧何来？

解释这句话不容易，比解释更不容易的是做到。华杉老师说做不到是因为人性中有两颗心的阻碍，一颗是“纠错心”，一颗是“胜心”，这两颗心都源自这颗“胜心”。经常听到一句振振有词的话：中国人就是见不得别人比自己好，这个比自己好的离自己越近越讨厌。这就是胜心在作怪，总感到和比自己差的人在一起有优越感，心里舒坦。网上流传一时的“杠精”是这种心态在言语上的集中爆发，而那些无处不在的诋毁告密甚至嫁祸迫害更是其升级变种。但要想成为一个有智慧的人，就要收敛胜心，学会欣赏他人尤其是朋友的才情风光，多一份谦虚和随喜，否则终将失去朋友、终将沉沦愚昧、终将走向小人。

须知“见己不是，万善之门，见人不是，诸恶之根”。

我们该重视的因果

佛教《因果经》上说：欲知过去因者，见其现在果；欲知未来果者，见其现在因。人人皆明因果，天下大治之道也；人人不明因果，天下大乱之道也。佛经讲：菩萨畏因，众生畏果。菩萨明因识果，诸恶莫作，众善奉行，所以能善始善终；众生无所顾忌，得过且过，常作恶因，却又害怕遭到恶报，当恶报来临时，悔之晚矣。

曾子说：慎终追远，民德归厚矣。有两种解释：钱穆先生认为是对死亡者的送终之礼能谨慎，对死亡已久者能不断追思，这样能使社会风俗道德日趋于笃厚；李泽厚先生认为是认真办理父母丧事，追怀、祭祀祖先，老百姓的品德就会忠实厚重。两种解释本质上是相通的，结合起来更好理解，把慎终追远的对象变为“家人”“先辈”较契合儒家思想。

人知道埋葬死者，给死者以某种仪式的时候，人就认为自己是脱离动物而独立成人了。追怀死者的礼仪，被孔子传承并加以理论化和理性化，将其转向内心，形成了“礼-仁”二元结构，外在的是礼，内在的是仁，这是孔子仁道的根本。《论语》后面还会继续讲这个理论和道理。

儒家最重家族,佛教讲前世今生,儒家讲的是父死子继,这也是中国人家族观念的基础。曾子说这句话应该是针对当时不重视先辈死后的葬礼和祭祀而说的,曾子自己是厚葬之风的倡导者。他认为不仅父母在世时要孝敬,父母去世后,不能因为父母可能感知不到了,就不尽诚意礼节。重视父母的丧葬之礼才是厚重之人、重德之人。这种仪式也是对后辈的教育,现实中祭祀的祠堂就是中国人重要的教育场合,家风家训乃以传承。

曾子是儒家的"渐悟派",他懂得这是从"因"上想办法,自身要求很严,每天"三省吾身""狠斗私字一闪念"。但后世之人,并没有像他一样深究背后的因果,只知道要厚葬、要哭丧、要守孝,"形式"就此变成了"形式主义"。所以民间生前不尽孝死后风光大葬延续至今,老人如是说:在生不孝,死后做圈套;坟前十碗,不如床前一碗。看来曾子看出了病因,开错了药方,而且这剂药方副作用还很大。

回到开篇的那个故事,我们文化心理里面有个毛病,就是"不在因上努力,而在果上计较",贻害无穷。在因上努力的看到长远、懂得奋斗,在果上计较的鼠目寸光、只知争抢。由此带来圆滑世故、讨好卖乖,古时候权谋权术盛行,今天成功学大行其道,各种套路层出不穷,赚钱之道、驭人之术应有尽有,"聪明"的钻营者、卑鄙的政客充斥着几千年的历史,为的都是争夺那"成熟的果实",可谓"天下熙熙皆为利来,天下攘攘皆为利往"。虽然孔子从来讲求要重"道"不重"技",但后世之人却"坐不住那冷板凳",只想吃"冷猪肉",将其异化为"形似而神不同”的虚伪和造作，只知“技术”不求“科学”，所以“五四”启蒙的先行者才大声疾呼要把这位“赛先生”请回来。

推而广之，我们在社会治理的方方面面都有这种文化心理的影子。美国副总统在《他们缺少我们拥有的东西》中说：他们缺少我们拥有的很多东西，我们有全世界最好的大学，我们有公开公正的法律体系，我们有全世界最有效的风险投资系统，我们在创新和科技上领先世界。虽然他说的有很大的片面性，但依然值得我们深思，这些都是美国强大的“因”，而我们是不是也应该在这些“因”多关注呢？这些“因”需要日积月累、需要不计名利、需要接续奋斗、需要久久为功。

鲁迅先生说：自古以来，我们就有埋头苦干的人，有拼命硬干的人，有为民请命的人，有舍身求法的人……虽是等于为帝王将相作家谱的所谓“正史”也往往掩不住他们的光辉，这就是中国的脊梁。先生的这句话该铭记。

心宽者无界

清朝康熙年间,张英担任文华殿大学士兼礼部尚书。老家桐城的宅子与吴家为邻,两家院落之间有条巷子,后来吴家要修新房,想占这条路,张家人不同意。双方争执不下,将官司打到县衙。县官一看两家都是名门望族,谁也惹不起,不敢轻易了断。这时,张家人一气之下写封信给张英,希望他出面干预。张英看了信后,认为应该谦让邻里,于是回信写了四句诗:千里修书只为墙,让他三尺又何妨,万里长城今犹在,不见当年秦始皇。家人阅罢,主动将围墙后移三尺。吴家见状深受感动,也主动让出三尺房基,"六尺巷"由此得名。现在巷道口立有石牌坊,刻着"礼让"。展览馆里挂着一位的领导的题词:桐城六尺巷,和谐名城扬。"礼让"与"和谐",紧紧相连。

有子说:礼之用和为贵,先王之道斯为美,小大由之,有所不行,知和而和,不以礼节之,亦不可行也。就是讲:礼的作用,以和为贵。前代圣王的规矩,以此为美。不论大事小事都是如此。如果为了和而和,不用礼来规范,那也是行不通的。这句话核心意思是"礼"与"和"的关系。

"礼"有多义。《说文解字》中说,礼,履也,所以事神致福也。这表明,礼原本是通过祭祀神灵的一种宗教活动和形式。从起源之义来看,礼所要表现的是对神灵的敬畏和崇敬之情。随着所事对象的变化,礼逐渐呈现出多种含义,也展现出更丰富的精神意涵。由事神礼天到待人接物,礼从形式到内容反映着一定的社会规范和道德规范。说起中国传统文化,离不开一个“礼”字。“国之四维”的礼、义、廉、耻中有礼,“五常”的仁、义、礼、智、信中有礼,“礼仪之邦”常常被用来代称中国或称赞中国文明。可以说,礼仪文化是中华民族独特的精神标识之一。

就其作用来讲,“礼”是尊卑上下的制度和规矩,是约定俗成的社会秩序,就是要大家安心,各安其分。“和”是和顺从容,和谐融洽,是尊卑上下之间的调和。“礼”以能达到“和”为目标,“和”又必须依“礼”而行。“礼之用和为贵”流传得比较久远。在老百姓口中日常念叨的“和为贵”,也是打这来的。

西方讲究人人一样,中国认为上下有别。中国社会自古以来是一个等级社会,国有君臣、家有父子,外有朋友、内有兄弟,这些不同的等级和关系都要靠礼仪规矩来调节,不能乱了名分。儒家按照这个名分,构建了一套理想社会的运行体系,协调三个方面的关系:一是人与自然的关系,即人类如何与自然和睦相处;二是人与社会的关系,即人与人、人与国家、集体、国与国、民族与民族等之间如何交往;三是人与自身,即身体与心灵如何协调。

儒家极力倡导“中庸之道”,在调节和治理的过程中,不仅强调外在礼仪规范的强制性的“礼”,还重视人与人之间温情脉脉的情感认同的“和”。把原则和和睦调和在一起，既要原则的坚守又要关系的和谐。“恰当”为“和”、为“美”，也就是我们今天说的“度”的把握很好。这也是中国人朴素的辩证法，“过犹不及”，《论语》里面说的“泰而不骄”“威而不猛”“恭而安”等，都是这个意思。这种“度”的把握，更多的是在反复实践中的“分寸感”掌握和火候的拿捏，完全不同于西方哲学抽象的思辨。难怪南怀瑾先生说中国有哲学，但都是“做人哲学”，世事洞明皆学问，人情练达即文章。

儒家的"二人世界"

刘邦当了皇帝后,在洛阳召开庆功会上对群臣说:"列侯诸将,无敢隐朕,皆言其情。吾所以有天下者何?项羽之所以失天下者何?"众人答得都不在点子上。刘邦说:"夫运筹帷幄之中,决胜千里之外,吾不如子房。镇国家,抚百姓,给馈饷而不绝粮道,吾不如萧何。连百万之军,战必胜,攻必取,吾不如韩信。此三人者皆人杰也,吾能用之,此吾所以取天下也。项羽有一范增而不能用,此其所以为我擒也。"治国之道,要在得人。

孔子说:不患人之不己知,患不知人也。这句话的翻译也有不同说法,有的说"不要怕别人不了解自己,怕就怕自己不了解自己",还有认为"不要担心人们不能开化,要担心自己不能传播圣贤之道"等,不一而足。结合孔子一贯的主张来思考,"行有不得,反求诸己",更多从自己身上找原因。所以,试译为:不要怕别人不了解你,怕的是你不了解别人。

孔子在《论语》学而章开篇说到:"人不知而不愠。"别人不理解你,自己并不会因此而生气。这一章最后一节说:"不患人之不己知,患不知人也。"这句话比第一节中的"人不知,而不愠"又进一步。别人了不了解我,我还是原来的那个我,并没有什么损失。所以，“人不知而不愠”。真正该担心的是不了解别人，全篇恰好首尾照应。

对传统的儒释道三家，曾有个不严谨的类比，如果认为世界是个圆，道家在这个圆里面看到的是自己，就是“一”，“一生二，二生三，三生万物”，所以道家最讲保身养生之道要保住这个“一”；佛家看到的是虚无，就是“空”，“空”的另一面是“众生”，“普度众生”；那儒家看到的就是“仁”“二人”“二人”中一个是自己，一个就是别人，人与我一起构成了儒家对世界的基础认知。了解别人和让别人了解自己，成为儒家的基本问题。所以，孔子这句“不患人之不己知，患不知人也”，看似简单，却深入骨髓，也是人性中难以克服的毛病。

人都怕别人不了解自己，因为上级不了解我，我就怀才不遇，朋友不了解我，我就白费心思，社会不了解我，我就默默无闻。所以，想被别人了解，是人性的本来。这背后是欲望和情绪，也衍生出权术和计谋、形式与方法。有一句成语“终南捷径”，为了出名，成就功名，跑到终南山下隐居起来，但目的还是引起别人的关注。严嵩、蒋介石等都有这样一段隐居下野的生活，这些都是“只患人之不已知”的计谋。有人把这种好于表现比喻成“老母鸡下蛋”，下个蛋就咯咯到处叫，生怕别人不知道，甚至蛋还没下就先叫开了。

孔子说，君子不要怕别人不了解你，而是要担心别人过早了解自己、过度解读自己，“君子疾没世而名不称焉”。《中庸》里说，君子“衣锦尚絅”，明明穿着锦衣，还要一件麻布衣套在外面，就是要把自己的才华和德行掩藏一下，不事张扬。德行学问本身就是自我的修为,学之为己,不是为了显摆。尤其是不能浪得虚名,名不符实本身就是对德行的伤害。真正的君子讲求的是由内而外的自然生发,讲求的是进一步得一步的欢喜,那些成天急吼吼的,把功名心看得很重的人,历史上看不是大奸就是大恶。

孔子为何对“知人”看的那么重呢?因为“不知人之短,不知人之长,不知人长中之短,不知人短中之长,则不可以用人,不可以教人。”儒家的“二人世界”,知人就是观察别人,观察这个世界,就像诸葛亮一样,未出茅庐而知天下三分。但人们总是对别人不了解自己耿耿于怀,但对了解别人却走马观花,更多的时候,是不求甚解地妄加评论、武断质疑,甚至异化为“琢磨人”,从古到今,相人之术乃流行于世,至今未衰,曾国藩之《冰鉴》甚得欢迎。

老子说:“知人者智,自知者明。”在让人知和知人之后,还有个自知,看清“我是谁”。迷茫的时代生活着迷茫的人们,光鲜的背后是无助的双眼,忙碌的生活藏着心灵的孤寂。人总是渐渐迷茫于功名利禄,迷乱于人情世故,想尽一切办法揣摩别人意思,唯独忘了“自知者明”。孔子言仁,孟子取义,老子为道,荀子重礼,皆为自心而外,讲究的是“己知”之道,忧的是“人不己知”的现实,寻的是“自知者明”的境界。

“不患人之不己知”是境界,“知人”是聪明,“自知”是智慧。

温故知新的智慧

巴金老人在他的《随想录》总序中写了这样一段话:“我一篇一篇地写,一篇一篇地发表。这只是激励我随时随地的感想,既无系统,也不高明。但他们却不是四平八稳,无病呻吟,不痛不痒,人云亦云,说了等于不说的话,写了等于不写的文章。那么久让他们留下了,作为一声无力的叫喊,参加伟大的百家争鸣吧。”这本小册子,巴金老人重新来审视那段不堪回首的岁月,对中国文化有了很多新的见解和体会,他的学识才华和饱受的摧残一起,酝酿出一个新的境界和高度。

子曰:温故而知新,可以为师矣。这句话太熟悉了,熟悉得大家都对它视而不见了。就像我们的父母一样,熟悉到连他们的生日都懒得记住。但这句话真的太重要了。华杉老师在写这句话的时候,连用了两个“太深刻了!”对于这句“熟悉而陌生”的“子曰”,华杉老师的话一点都不过分。

对于《论语》的解读,主要有两个方向,一个是大而化之,比如半部论语治天下,一个是小而化之,学问在于修身养性。

先看小而化之。这句话说的是为师之道。

朱熹注解说,“故”是旧所闻;“新”是今所得。能温故而知新,经历过、学过的东西,而不断有新的心得,则“所学在我,而其应无穷”,就真正学到了,而且能变化,能运用,这就可以当老师了。张居正说,天下之义理无穷,你仅仅靠背诵记得,那真正学到懂得的又有多少?读过的书,听过的讲论,都要时时回过头去温习,反复玩味,这样既不至于遗忘,又能不断有新的体会。义理日益贯通,学问日益充足。别人问到,便能与之应答而不竭。

教育重在启迪。“温故”不是在故纸堆中找学问,而是重温前人的智慧来启发自己的智慧,用自己的智慧点亮学生的心灵。有人把老师戏称为“教书匠”,这是古时为师者自嘲的说法。“匠人”也是手艺人,一门手艺熟能生巧。但如果把老师当成了“匠”,一门课程、一本教材滚瓜烂熟,顶多是个知识的搬运工,守故卫古、食古不化,离一个好老师还有十万八千里。

人类的发展进步贵在“接着走”,而非“跟着走”。温故目的要能知新。古今时不同,人要能知新,才能新民,才能为人师。什么叫新东西?新东西不是你没听说过的,而是你听过很多遍,却从来没体会到的,不断回过头去温习,不断地在实践中观照,反之于心,这才叫温故而知新。同样的内容,自己看、自己琢磨可能收获不大,如果有人给你一讲,有高屋建瓴、醍醐灌顶之感,那这个人在这个点上就可以当我们的老师。同样的道理,如果要做个好老师,也要时时能够在现有知识的基础上,给学生以新的启发。

再看大而化之。这句话是以史为鉴。

有人说我们这个民族没有严格的宗教信仰,也有人说我们信仰历史。不管怎么说，我们重视历史经验的积累却是事实。在全世界，中国的历史著作是最系统、最完备的，以“二十四”史为主体，还有很多野史或辅助历史资料为补充。每个朝代在政权刚刚稳定之时，做的第一件事是制礼作乐，第二件事就是修前朝的历史。

这个以史为鉴的过程，也可以视为孔子说的温故而知新。

但历史既是财富，也是负担。这种以史为鉴的思维，让我们在前进过程中一旦遇到困难和挫折的时候，第一反映往往是往后看，在故纸堆里找对策。这样的故事在历朝历代反复上演，几乎每个朝代的改革过程中，都有改革派和保守派，这些保守派大都主张用前人的办法解决今天的问题。比如拓跋宏改革中的草原贵族、王安石变法中的司马光集团、张居正改革中的守旧派，再到康乾盛世后的嘉庆“法祖制”等等。

只“温故”而不“知新”，眼睛向后看，步子往前迈，跌跟头就难免了。

后来者当引以为戒。

宽容与底线

南宋至晚清大多数史学家在评论王安石及其变法的首要观点都是“变乱祖宗法度，祸国殃民，导致北宋亡国”。这一点是宋高宗赵构御笔钦定的。上有所好下必甚焉。民间很快就有话本小说《拗相公》，把王安石说成刚愎自用、不近人情、误国误民的大奸臣，至今这一形象也没有完全扭转。之后宋理宗撤销王安石从祀孔庙的地位，理由是他的“三不足”，殊不知这“三不足”压根就不是王安石说的，而是司马光出的考试题。王安石罢相、司马光还朝后，开启了“司马光砸缸”运动，绕开儒家“三年无改于父道”，硬生生整出个“以母改子”，将所有新法一概废除，从保甲法到方田均税法，从市易法到保马法，最后是核心三法：青苗法、免役法、将官法，特别是关乎国家根本的税法，只给了五天期限，上上下下乱作一团，但他只关注新法速废。接着又废除王安石批注的诗书周礼，不给天下考生任何反应的时间，所有一切回到熙宁之前。王安石痛心疾首，在家里屏风上写了数百个司马光的名字，苏轼在与司马光辩论后，大呼“司马牛，司马牛……”。“打翻在地，踏上一脚”，“司马牛”竟然查封了王安石撰写的一本无关政治的著作《字说》。王安石抑郁而终。这还不算,甚至连大宋军民费尽心血从吐鲁番手中夺得的河西走廊都悉数奉还,北宋边防回到无比软弱的“贡银”时期。新旧两党之争本属常态,但无论如何争斗,都不能以国家利益为代价,不能突破人性和家国的底线。

孔子说过这样两句话:“学而不思则罔,思而不学则殆。”“攻乎异端,斯害也已。”第一句是说,学习与思考本来就是孪生兄弟,不思考的学习不是真学习。学习的内容只有通过思考,才能积淀为自己的思想。但学习仅仅止于思考还难免肤浅,应当“学、思、践、悟” 一条龙,学习并思考,思考后实践,实践再总结,如此形成一个良性互动的闭合回路。第二句话古往今来莫衷一是。有代表性的是,杨伯峻先生翻译成:“批判那些不正确的议论,祸害就可以消灭了。”对这一“新奇”解释李泽厚先生不能同意,认为应译作:“攻击不同于你的异端学说,那反而是有危险的。”李炳南翻译是:偏执一端,而不能执两用中,则皆有害。钱穆翻译为:专向反对的一方用力,那就有害了。

从字面意思理解和《论语》的整体意蕴,我更赞成李炳南和钱穆二位先生的说法,春秋时期并没有儒道之分,也没有谁将圣人之言当成绝对不容质疑的金科玉律,所以异端邪说与孔子风马牛不相及。联系《论语·子罕篇》:子曰:“吾有知乎哉?无知也。有鄙夫问于我,空空如也,我叩其两端而竭焉。”可知夫子说的是事物的两个方面,全面看待问题,不能只看一面。

但我很欣赏李泽厚先生的翻译,他由此引出“这可以表现儒学的宽容精神:主张求同存异,不搞排斥异己”。承认其他观念存在的天然权利,说得很好,儒学的确有此性质。梁武帝至隋唐佛教大兴,经常把佛祖摆在孔子之上;现在的很多农民家中客堂,时常同时挂着领袖画像和“天地君亲师”牌位;甚至太上老君和释迦牟尼、观世音菩萨坐在同一个庙里,中国人都不以为忤,毫无违和感。

这种宽容由来已久,一直存在于文化基因中。中国人对“礼”和“理”的要求更高,没有炽热的宗教狂热,只有唯理是从,“谁有道理听谁的”,包括近代中国较快接受西方科技、文化、政治和哲学,改变了几千年来的思想观念、服饰习惯以及生活方式等,这都与文化基因中的宽容分不开。

同时,这种“谁有道理听谁的”也容易生长为“谁有用听谁的”,宽容就变成了重经验、重实用主义。都信也就是都不信。所有没有那个民族的信仰像我们一样那么随便,随便到压根就没啥可信的。对我有用的就信,没有用的就不信。求神拜佛简直变成了市场买菜,烧纸供奉,就是为了有求必应。许的愿望没有实现,就可以呵佛骂祖,毫无禁忌。当然,这是宽容精神的另一面。

孔子要宽容“异端”,就必然有个不言而喻的前提,那就是大家都有大致的方向和大体的标准,有一个同时代人所共同承认的底线,“异端”当然也不能违背这个底线。比如,我们倡导基督教、儒家理念和伊斯兰教应当和平共存,不要相互诋毁和争斗。但是,这样做的前提是信仰宗教自由的原则,如果信仰宗教不自由,谈信仰多元就成了笑话。那么这个时候,信仰宗教自由就是共同的底线。如果像中世纪那样,搞异端审判,不让人拥有宗教信仰的自由,那就是突破了底线,非攻不可了。

再比如，汉朝废黜百家独尊儒术，连其他的学说都不让存在，谈什么百家争鸣，这时候百花齐放就是共同的底线。所以有汉一朝唯儒独尊，不让其他言论存在，就是突破了底线，也不得人心。

近而观之，中西文化碰撞一百多年，如今文化中不论中西，最基本的做人道理竟然成为“稀缺资源”。百年来的文化交锋，加上亨廷顿式的“文明冲突论”助兴，高潮迭起，得到的却是新的没有完全建立而传统责任伦理尽失的尴尬局面。这背后就是共同底线的还没有整体形成。今天，倡导社会主义核心价值观，划出社会共同遵守的底线，可谓找到了病根、开出了药方。

文化的承继与批判

北京大学百年校庆期间,记者曾采访经济学家陈瀚笙,他在27岁即受蔡元培邀请成为北大教授。记者希望他对北大说几句祝福的话。陈瀚笙沉默了一会儿,旁人建议:你就说希望北大越办越好。陈继续沉默了一会儿,然后慢慢说道:我希望北大办得跟从前一样好。

子张问:十世可知也?子曰:殷因于夏礼,所损益,可知也;周因于殷礼。所损益,可知也。其或继周者,虽百世,可知也。子张问:今后十代可以预见吗?孔子说:殷代承继夏代的礼制,所增加、删减是可以知道的。周代承继殷代的礼制,所增加、删减,是可以知道的。那也许后世承继周代的,虽然一百世,也是可以知道的。

现在我们国家采取的公元纪年,一百年是一个世纪,这是西方的东西。以耶稣诞生那一年开始为纪元,也就是第一年。但在中国传统文化中,一世是三十年,一世就是一代,所以俗语常说“三十年河东三十年河西”,也就是一代人的更替,这代人强势,下代人也许就弱势了,因为中国人相信“富不过三代”。这句话里面的“十世”,可以当成三百年说,也有人以王朝易姓为一代,十世就是十代,就是经历十次改朝换代。

子张问的是十世以后的事是否可以提前知晓。而孔子十分自信,别说十世,就是百世也是可以知道的。他在讲了夏商周三朝礼制的演变后,说明文化的传承不是另起炉灶,而是与时俱进的不断演化,随着形势的变化而有所增减,但无论是增还是减,总由前面的文化母体为基础,保留着历史传承,也适应社会发展的最新要求和思想文化发展的最新成果。所以,孔子断言,循历史轨迹可以知道过去,按发展规律同样照见未来,虽百世以后的事依然可知。

这就揭示了文化的发展是个渐变的过程,不可能突变。如果过分标榜全新全变,反而常常滑向全旧。李泽厚说,改良优于革命,继承高于批判。但人们在经历文化巨变的过程中,往往有种错觉,认为自己经历着突变,认为文化可以替换、可以否定、可以推倒重来,其实拉长时间轴,仍然是在缓慢地演进,并不是有些激进者所说的能够平地起高楼,也不可能做到。未来就在历史里,地球上没有新鲜事,每天发生的那些激动人心的大事,其实历史上都发生过千百次了。

文明有新旧,文化没有优劣。文明更多的是技术性的,比如政治制度、军事能力、科技水平,当年英军的坚船利炮,就打得清王朝的大刀长矛满地找牙,西方的现代政治制度就让清王朝的迂腐专制进退失据,这就是落后军事文明、政治文明的宿命。但在文化上,各个民族自己都有一套文化系统,规定这这个民族的人与人、人与社会、人与自己的关系。在文化平等这个基础上,才有文化多元,如果文化有新旧、有先进落后,谁跟你多元？落后的文化就不能与先进的文化放在一个平台上，谈什么多元，只有被消灭的份儿。但实际情况并不是这样，落后的非洲部落依然有能够引人入胜的文化。几千年前的佛教也能让现代人皈依，也可以解决现代人的心灵归宿。西方至今也没有说过他们的文化战胜了中国传统文化，反而把两千五百多年前中国人提出的“己所不欲勿施于人”奉为行为准则。那些说文化有优劣的，不是宗教之间的冲突就是政治手段的蛊惑。

文化的损益主要是防止其异化。比如儒家文化，从周公“制礼作乐”开始，文化的“文”不断地被异化，比较严重的是宋一次，明一次，到了清朝最为异化，“修齐治平”，后两项基本上被阉割了，这导致我们的前辈怀疑文化出了问题。其实不过是文化被异化得厉害了。比如鲁迅鞭挞的吃人礼教，礼教本身是规范人与人之间关系的，她不吃人，但异化到一定程度，被规范的人就受不了了，一定要反抗；再比如孝道，日本电影《楢山节考》中，老人牙齿松动了不能吃东西了，就背到山上去饿死，这是人作为动物群体发展的被动选择，因为以前没有充足的食物，为了种群的延续，要优先保证年轻人，这是自然法则。中国人发明了孝道，对抗这样的自然法则，让老有所养。但后来孝道被不断异化，出现了“二十四孝”中的种种变态做法，这就不能让人接受了，所以近代就有对孝道的反思，这也是损益的过程。

因此，我们对于文化要承继，更应该时刻反省和关注她被异化的那部分，而对于我们传承的文化本身，不容质疑，否则何以安身立命？

不要“礼教”但要“礼仪”

西汉名将周亚夫贤能,并立有大功,但由于对皇帝不够恭顺,所以汉景帝对他非常不满。汉景帝赏赐给他酒菜,桌上只放了一大块肉,但没给他准备筷子。周亚夫认为皇帝是故意难为自己,就生气地对侍者发火。后来,周亚夫的儿子给他买了五百件皇宫御用盔甲盾牌,准备将来给父亲殉葬。有人对周亚夫父子不满,就向皇帝告发周亚夫,说他购买兵器准备反叛。周亚夫本无反叛之心,但这种僭越行为却解释不清,对他心怀不满的汉景帝便借机将他下狱。作为一代名将,周亚夫不堪狱吏凌辱,在狱中绝食而死。

孔子谓季氏:八佾舞于庭,是可忍也,孰不可忍也?三家者以雍彻。子曰:相维辟公,天子穆穆,奚取于三家之堂?这两句话讲的是同一件事,所以放在一起读。首先,这里贡献了一个成语“是可忍孰不可忍”。对于这个成语有两种不同的解释,一种是“忍无可忍”的意思,另一种是这都忍心做还有什么不忍心做的?今天我们一般采用第一种意思,孔子在说这句话的时候,更可能是第二种意思。

“佾”读音同逸,古代舞蹈奏乐,八个人为一行,这一行就叫一佾,八佾就是八行,八八六十四人,只有天子才能享用这八佾的舞蹈。诸侯用六佾,四十八人;大夫用四佾,三十二人;士人用两佾,十六人。如此,天子、诸侯、大夫、士的等次分明。原文白话译文可以是:孔子评论季氏(作为一个大夫)在自己的庭院居然表演天子规格的舞蹈。如果这个都可以忍心做,还有什么不忍心做呢?三大氏族在祭礼完毕撤席时采用雍诗来赞唱。孔子说:四方诸侯都来助祭,天子仪容美好静穆。这难道能用在三大氏族的庙堂上吗?

三家僭越礼制,以一个大夫的身份而享用天子的礼仪的,孔子对此十分反感,提出质疑。当时背景是西周覆亡,礼制开始松动,周天子与诸侯之间尊卑失序,而有春秋时期的"伯政",就是"礼乐征伐自诸侯出"。春秋中期,诸侯权威也衰落了,而有大夫专权,即"陪臣执国命"或者"政逮于大夫"。在鲁国,就是鲁桓公的三个大夫长期把持国政,史称"三桓"。礼制的混乱实质上是政治秩序的破坏,也就是社会结构的失序,更是统治瓦解的前奏。

孔子是宽容的,"攻乎异端,斯害也已",对于不同的思想看法和言论主张采取的是容忍的态度;但孔子又是严肃的,不能容忍违反礼制底线的行为。所以这就是孔子的"思想要自由,行为要严肃"。思想、学说、言论、主张可以求同存异,但行为规范和社会制度必须一致遵行,否则各行其是,社会就无法运行,必将土崩瓦解。任何社会都必须有共同遵守的秩序、规范、准则,这作为普遍性原则和要求,只要国家存在,概莫能外。比如,现在国家针对国旗、国歌、国徽的使用都有规范和约束,在自家婚丧嫁娶的仪式上奏唱国歌那就不对了,也是违法的。

礼的作用不仅仅是在维护秩序上,还有教育的功能,今天我们一般把它称为“仪式教育”“仪式感”。人总是要有所敬畏,而通过适当的礼仪,让神圣的东西神圣起来,让严肃的东西严肃起来,如此才不至于“娱乐至死”。比如,近几年设立的“南京大屠杀国家公祭”,以国家的名义铭记那段屈辱的历史,不忘国耻、砥砺奋进,对于凝聚我们的力量作用是巨大的。再比如,汶川大地震后,全国降半旗致哀,对于唤起对普通生命的尊重,彰显生命的价值有着重要意义,网上流传的那张 Google 流量图也证明了这一点。相反,香港那些侮辱国旗的行为,用孔子的观点来看,这样的事都能干出来,还谈什么国家认同和爱国之心呢?

但是,“过犹不及”。后世封建统治者把孔子的学说意识形态化,采取“儒表法里”的体制宣扬礼教。历代统治者不管口头上怎么讲,实际对“法、术、势”的重视远远超过四维八德。这样偷梁换柱,挂羊头卖狗肉,使得礼教的真正意义成了反“个体价值”而维护专制统治的工具,带来对臣民个体权利和个性发展的抑制,专制统治可以直接到每个臣民个人,如此便巩固了君主集权统治。还形成了一个可怕的逻辑循环,就是君主对权力的控制欲越强,便在礼教上使的劲、想的法越多,对每个臣民的规矩和要求就会越严格,礼教的发展就越异化,最终便成了鲁迅先生笔下“吃人的礼教”,孔子也就成了集权专制的“背锅侠”。

因此,我们在反思礼教异化的时,不能以意识形态的眼光去审视,而要回到礼教产生的本来,客观看待它的作用,古为今用。

体用一如才是真“礼”

子桑户说:从前有个假国,被晋国灭亡了。晋军烧杀,假国百姓逃命,好多悲惨故事哟,你没听说过吗?假国贤士林回,家破人亡,逃跑时背负着一块玉璧。那是传家宝,千金难买啊。敌军在后头追得正紧呢,林回发现路边有个弃婴在哭,立即抛掉玉,背负弃婴跑了。同路逃命的百姓,责怪林回太愚蠢。林回说:利益叫我要玉璧,天性叫我要婴儿。林回背叛了利益,投奔了天性,所以抛掉了玉璧,背负了婴儿。

林放问礼之本。子曰:大哉问!礼,与其奢也,宁俭;丧,与其易也,宁戚。林放,鲁国人,他看见世人行礼,繁文缛节得很,觉得礼的本质该不会是这样的。所以,他就问孔子:礼的本质是什么呢?孔子赞叹说:你的问题意义重大啊!看来是问到孔子思考的点上了。他接着说:依礼本身来说,与其奢侈繁琐,不如节俭朴素。就葬礼而言,与其程序熟练周到,不如真心哀戚。《礼器》曰:忠信,礼之本也。《老子》曰:夫礼者,忠信之薄而乱之首也。也都是说的这个意思。

这是孔子针对当时鲁国的风气所说的,面对普遍的礼制僭越,拼命追求礼仪的繁复,追求盛大的排场,却把初心和本质丢到了脑后,林放有点搞不懂了,所以有此一问。这是一段高手之间的对话,孔子没有正面回答林放这个形而上的问题,如果回答礼的本质,就回到哲学命题上去了,有点坐而论道的意味。孔子更多是跟他讲自己的感受和体会,与其说这是在求教,不如说这是内心的共鸣。还专门举了葬礼的例子,指出礼仪与其铺张奢华,不如简单隆重,关键要出于内心真情实感。

朱子《集注》当中引宋儒范祖禹说:“夫祭与其敬不足而礼有余也,不若礼不足而敬有余也。丧与其哀不足而礼有余也,不若礼不足而哀有余也。礼失之奢,丧失之易,皆不能反本,而随其末故也。礼奢而备,不若俭而不备之愈也。丧易而文,不若戚而不文之愈也。俭者物之质,戚者心之诚,故为礼之本。”这段话讲得很有道理。他说“祭”,祭礼,祭礼一定要庄敬。如果只求奢华,这就是礼有余了,甚至有些过分了,但是自己诚敬心不够,那就不如你的礼不足,但是诚敬心有余。我们想想确实是这样。礼仪的细节可增减,但是诚敬心这个根本不能变也不能少。所以前面《论语》中“子张问十世”,孔子说百世,这就说礼的根本不能变,那些制度的礼仪,枝末的行为是可以增减的,有所损益的。

其实到今天,这些问题还是没有解决。特别是最近几十年,在打倒孔家店以后,不再那么讲到礼了,礼仪不是繁复了,而是本质和形式一块儿都被丢弃了。而且,礼仪被利益所异化,仅存的那一点礼,还被市场化搞得一身铜臭、面目全非。也说葬礼,且看今天多少仪式之上,特别是送别老人,还有真心诚意地悲痛哭泣?却有的在灵堂支起了麻将桌,有的甚至请来了乐队，跳起低俗的舞蹈，哪有一点悲戚之情。

这当然是个大问题。就儒家本身而言，礼有体用、本末和文质之分，内在精神为体为本为质，外在规范为用为末为文，但儒家在后者上讲的多，在前者下的功夫不够，或者说前者的设计不接地气、不随时而变，落得了个形式大于内容、迂腐古板不通人情的形象。殊不知没有被广泛接纳的礼仪规范，仁的精神将无所依托，如何能达到体用一如、本末圆满、文质彬彬呢？同样，就个人修身而言，如果心中没有率真的底色和感情、诚敬和澄净，再多的虚文缛节，也是一样只有外表的做作，必然是虚伪之人。

但孔子这种完美的理想也就是个理想。实际上从秦至清历代王朝实际上，并没有给儒家回归本真的大环境。“儒表法里”，说的儒家思想，行的法家政治；讲的是性善论，行的性恶论；说的是四维八德，玩的是法术势；纸上的伦理道德，行为上的权力中心。这种主流意识形态的矛盾，让传统国人在截然相反的两种理念的指导下生活，人性扭曲、双重人格成为普遍。因为，人们不是傻子，那些成仁取义、殉道存德的理想主义者如东林党、海瑞之类的下场有目共睹，统治者用现实反复说明那些“操守虽清”却奴性不足的书呆子终究是多灾多难、寸步难行的。如此，官吏和士大夫便学会了“难得糊涂”，大众得到的也是“奸臣害忠良”的教育，得到“山中有直树，世上无直人”的思想启蒙，明白了“识时务者为俊杰”的朴素道理。如此以来，人们越来越聪明，“糊涂”者越来越少；同时又越来越糊涂，率真越来越稀有。

今天,儒家在走下主流意识形态的神坛后,如果真正回到“经”的位置,成为人们内心真诚的信仰,指导人们尊天道而行人道,恪守内心仁爱的本来,依道而行、直道而行,做一个率真之人,那也该是美好的。一个具有坚定信仰和独立人格的人,方能理直气壮走进新时代、走向现代化。

文化的左边是武化，文化的右边是奴化

清雍正七年(1729年)，清世宗胤禛因曾静反清案件而刊布《大义觉迷录》。全书共四卷，内收有雍正皇帝本人的十道上谕、审讯词和曾静口供四十七篇、张熙等口供两篇，后附曾静《归仁说》一篇。《大义觉迷录》的核心内容提出并解决了两个雍正非常关心的重要问题："清朝入主中原君临天下，是否符合正统之道？岂可再以华夷中外而分论？"以及"朕到底是不是谋父、逼母、弑兄、屠弟、贪财、好杀、酗酒、淫色、诛忠、好谀、奸佞的皇帝？"此书是华夷秩序脱离汉人"自文化中心主义"的转折点，代表清朝"一君万民"世界观的形成。雍正帝反驳汉人才是天下的正统统治者的依据主要有两条，即"文化的正统性优越性"以及"政治支配与主从关系"，特别是借由"天"之名强调政治的正统性。

孔子说：夷狄之有君，不如诸夏之亡也。过去所谓夷狄就是那些经济文化相对落后的边疆地区，那些地方没有被中华文化所化，而被中华文化所化的地方就是华夏。华夏居于东夷、西戎、南蛮、北狄的中间，又称中华。这句话有两种解释，还牵扯出一个大问题。一说：夷狄都有君主，不像我们华夏的君王，已经名存实亡了。因为当时周朝天子不像天子,诸侯不像诸侯,成了摆设,有人说孔子这是在针砭时弊。另一说:夷狄就算有君王,还不如我们华夏没有君王。言外之意,两者的差距是礼乐文化。华夏即便礼坏乐崩,其恢弘的礼乐也将保证社会的运转而强于夷狄。几千年改朝换代跟走马灯似的,但中华文化不灭,谁当皇帝都叫中国。

后一说引出了华夷之辩,这是总话头。几千年争辩不休,也就引出了开篇雍正皇帝对曾静等人的惊天一驳,《大义觉迷录》横空出世,但终究没有解决人心的“迷”,直至中山先生还在大声疾呼“驱除鞑虏,恢复中华”。至今还有不少人深深惋惜,倘若清末想要立宪的王朝不是外族入主中原的爱新觉罗氏,而是华夏“正主”,那么中国的命运说不定会是另一番景象。但,历史是不能假设的。

从文化意蕴上讲,后一种解释更有意思,不像前一种貌似一句牢骚话。孔子所在的时代是人类由野蛮走向文明的“分水岭”,也是文明史上的轴心时代。文化之所以叫“文化”,是针对“武化”提出的。周公制礼作乐,这个礼乐就是“文”。也就是说,大家不能再像以前那样野蛮了,要放弃“武”的关系,约定“文”的关系。

周公的一小步,人类的一大步。但到了春秋晚期,孔子说自己很久没有梦到周公了,心里不踏实。因为孔子所处的时代,社会又开始武化,再发展就是战国了,完全是“武”的关系了,能用拳头解决的问题费什么口舌?!他强调周公,是因为当初制定“文”的礼乐制度是周公提出的。“郁郁乎文哉,吾从周”。

那么,“武”到底是什么呢？只要我的力气大、实力强,我就可以把你的东西抢过来。而“文”呢,是大家约定好一种关系,来分配资源,处理关系。为什么要“文化”呢？因为人类作为动物的一种,自然有动物性,也就遵从达尔文主义,攻击性与生俱来,这也是1974年诺贝尔生物医学奖的成果,劳伦斯提出“攻击性是人的本能”。其实,换句话就是说,人类生来是“武化”的,“武化”的结果也就是丛林法则,与其他动物的弱肉强食就没啥区别了。所以人类要发展、要高级,就要摆脱“武化”,走向“文化”,以“文”来约束“武化”的状态。

人类由此开启文明。翻开历史书,有个很有意思的现象,就是会看到很多文帝、文宗,或者武帝,这里的“文”“武”都是对帝王文治武功的概括。在中国传统文化中,“文”高于“武”,所以帝王不管生前有多少“武功”,总希望死后能给个“文”。唐太宗临死之前对他小舅子长孙无忌说:给他的号不要是“武”,要是“文”。

“文”的地位是很高的,因为他是出离野蛮的象征。说到这,孔子又要大声说:过犹不及啊！是的,过犹不及。片面的追求文,就是文化的异化,人类的尚武精神就被阉割了,放眼望去全是“娘炮”,奴性就“茁壮成长”出来了。从周公礼乐为文开始,中国文化的“文”被异化得最惨的是宋元、明清等朝代之间的更替,每次都伴随着一大批文化精英的消失,自杀他杀的不计其数,直接杀出个天子座下都是奴才的“大清盛世”,把中华民族带入“内战内行,外战外行”的深渊,最终被西方的坚船利炮打得满地找牙。我们的前辈开始怀疑文化出了问题,其实这就是文化的异化,那些曾经带领人们走出丛林的礼乐,被异化成了摧残人性的"紧箍咒"。

且看有人整理的宋明之间诸多不同,从"文化"到"奴化"不过357年光景。

【文人煽颠】宋朝年间,四川有个文人,献诗成都知府:"把断剑门烧栈道,西川别是一乾坤。"鼓动四川割据独立。成都知府赶紧上报朝廷。宋仁宗说:"老秀才要官耳,不足治也。给他个小官。"

六百年后的清朝,又有一个叫曾静的文人,鼓动川陕总督岳钟琪反清,结果雍正掀起一场文字狱,然后,乾隆将那曾静咔嚓掉了。

【大臣密奏】宋真宗问宰相李沆:"一些大臣有密启,为什么你没有?"李沆说:"臣有公事则公言之,何用什么密奏?搞密奏者非谗即佞,我深为厌恶,岂可效尤?"

到了清代,官员则以获得密奏之权为荣,浙江布政使请求雍正:"藩臬皆赐折奏,仰恳圣恩,赐臣一例用折。"

【伶人问政】宋徽宗时,有伶人演滑稽戏,讥讽宋朝的福利政策导致"百姓一般受无量苦",徽宗听了,"为恻然长思,弗以为罪"。

清时,内廷戏班演戏,因曲伎俱佳,获赏赐酒食。席间一伶人无意问,当今常州长官是谁?雍正暴怒:"你乃优伶贱辈,胆敢擅问官守?其风实不可长!"命人将那伶人打死了。

【朋党风险】欧阳修写过一篇《朋党论》,为朋党正名,提出君子结党之说,开北宋政党政治雏形之理论先河,让宋仁宗“终为感悟”。

六百年后,雍正对欧阳修之论特别不爽,专门写了一篇御制《朋党论》,驳斥欧阳修的“异说”,还杀气腾腾说:“设修在今日而为此论,朕必斥之,以正其惑世之罪。”

【谥号风波】夏竦死了,宋仁宗赐谥号“文正”。刘原父很不爽,上疏质问皇帝:“谥者,有司之事,陛下奈何侵之乎?”最后改谥“文庄”。

六百年后,尹嘉铨给乾隆皇帝上疏,为他老爹请谥,并请从祀文庙。乾隆大怒:你尹嘉铨算什么人,“竟大肆狂吠,不可恕矣”。下令凌迟处死。后开恩,改为绞立决。

【宰相职权】程颐对大宋皇帝说:“天下重任,唯宰相与经筵。天下治乱系宰相,君德成就责经筵。”宋朝皇帝也没觉得程先生说的有什么问题。

六百年,乾隆对程颐这句话感到特别不爽,专门写了一篇文章,批判程颐,意思是说:你一个臣子,居然敢以天下之治乱为己任,你这是目无君上,此尤大不可也!

【士子尊严】宋神宗一次与程颢论及人才,神宗说:“朕未之见也。”程颢立即质问皇帝:“陛下奈何轻天下士?”宋神宗只好耸然曰:“朕不敢!朕不敢!”

六百年后,大清盛世,纪晓岚为协办大学士,尝论国事,遭乾隆叱斥:“朕以汝文字尚优,故使领四库书,实不过以倡优蓄之,汝何敢妄议国事?”

【义庄救济】范仲淹创立的范氏义庄,其中有条规矩:凡族人嫁女,给钱三十贯;出嫁的女儿若因故改嫁,给钱二十贯。可见宋人对女性改嫁是持怜悯态度的,尽可能给予人道资助。

到了清代,范氏义庄的规则改为鼓励寡妇寻节:达到守节年限者可领双份米粮资助,如果"失志不终者",则不予资助。

【重商轻商】或说中国传统社会有轻商倾向,但宋代的学者如叶适、陈耆卿,已提出"四民皆本",宋代事实上也成为最重视商业的时代。明代的王阳明、黄宗羲等人也提出"四民异业而同道""工商皆本"之说。

清朝时,中国又重返抑末崇本、贱商重农之路,雍正说:"农为天下之本务,而工贾皆其末也。"

【大臣气质】宋代士大夫是一群有脾气的人。仁宗朝时,张知白(一说是张昇)担任台谏官,"言事无所避"。一日仁宗皇帝找他谈话,大概是说他"孤寒"(孤单),没有朋友,要注意说话的方寸之类。张知白一听,回敬了皇帝一句:"臣非孤寒,陛下才孤寒。"仁宗问道:"何也?"张知白说:"臣家有妻孥,外有亲戚,何来孤寒?陛下只有宫女相伴,岂非孤寒?"说得仁宗神情黯淡,回到内宫,与皇后说起这事,忍不住流泪 。为什么?因为仁宗年事渐高,而他所生育的儿子都夭折了,膝下确实孤单。张知白那番话,戳中了皇帝内心最痛苦的地方。但宋仁宗不能因此怪罪张知白,张知白还是继续当他的台谏官。

清代士大夫呢?没脾气了,最典型者,就如大学士曹振镛的为官秘诀所言:多磕头少说话。回过头来,再看孔子的这句话。既然文化如此重要,我们既要防止文化丢失而走向"武化",革了文化的命,斗成一团乱麻,不得不从"五讲四美三热爱”开始启蒙;也要防止文化的异化,阉割了攻击性,走向毫无血性的“多磕头少说话”奴才哲学。

当然,前提都是要珍惜和保护好我们的文化,文化亡了,就真的永世不得翻身了。

文化是人生成长的土壤

微信通信录里有个姓“柯”的孩子，微信名叫“烂柯人”，初看这个名字感觉怪怪的，这孩子平时看着不错，咋就取这么个“烂名儿”呢？前不久看到刘禹锡《酬乐天扬州初逢席上见赠》诗：“怀旧空吟闻笛赋，到乡翻似烂柯人。”原来，“烂柯人”有典故。传说在西晋时有个叫王质的青年农民，一次上山打柴，来到王乔仙洞口。王质胆大好奇，心想，人家都说洞里有仙人，我何不进去看个究竟？因洞口很小，只能通过一个人，洞深三丈余，宽余高各丈许。王质刚进洞中什么也看不见。顷刻之间，洞顶好像透进来光线，只见两个小孩正在下围棋。王质素好下棋，被两位小孩精湛的棋艺一下子给吸引住了。两位小孩好像未发现有人进洞似的，边下棋边吃大枣，有时也顺手把枣递给王质吃。看完一局棋后，小孩对王质说：“你也该回家了。”王质俯身去拾斧子，想不到斧柯（斧柄）已经烂朽，只剩下铁斧了。王质回到村里，怎么一个人也不认识了，询问自己的父母，才知道他们已经死去一百多年了。从此，后人就把这座山叫“烂柯山”。

孔子说：夏礼，吾能言之，杞不足徵也。殷礼，吾能言之，宋不足徵也。文献不足故也。足,则吾能徵之。孔子说:夏礼,我能讲,杞国已不能作证明了。殷礼,我也能讲,宋国不能为我证明了。因为他们的文字记载和传承都不充分了。如果充分,我就可以用它们来作印证了。

有人说,儒家意味着封闭僵化、意味着拒绝创新、意味着落后复古。孔子讲的古礼,都无法印证,传统日新月异。以文字记载的为例,各种注、解、疏、说都是对传统文化的更新和发展。从董仲舒到朱熹,从朱熹到王阳明,从王阳明到曾国藩,从曾国藩到钱穆,从来没有停滞过。这种发展是拭旧如新、推陈出新,在传统的土壤里长出新苗。

我们是不能割断传统而生存的。因为"优秀传统文化是一个国家、一个民族传承和发展的根本,如果丢掉了,就割断了精神命脉"。但是,由于中国特殊的近代史和现代史,我们把传统和现代截然两分。曾经,我们相信:现代的是年轻的、美好的、健康的、向上的、文明的,传统的就是老朽的、腐败的、落后的、肮脏的、愚昧的。只有与传统文化彻底划清界限,才能真正实现现代的科学民主精神。但是,真的是这样的吗?

我们知道,自由民主、科学理性,等等,是很多人公认的现代标签。但这些并不是我们美好生活的全部内容,现代社会的实质生活是不能仅靠这些观念来构成的。自由民主,只能给人一个可以追求美好生活的外在环境,但本身并不能保证人的生活幸福;科学理性,可以为人们的美好生活提供条件,但同样不等同于幸福生活。这些只是我们需要争取的外在条件,不能成为我们内心的信仰。如果说,我信仰自由,那就是句废话,把条狗拴着它也不乐意，这是动物的本能，就像饿了要吃饭，但我们不能把吃饭当信仰。所以，我们需要作为人的“文化”，需要“仰望星空”，而我们这个民族几千年传承下来的价值观、道德和信仰，正是我们可以依靠的力量。当然，你说我就信仰西方宗教，这没什么不好，但如果以此来攻击传统文化，那就不好了。

不得不承认，自从现代文明发生以来，传统文明就一直以这样那样的方式栖居在现代文明当中，变成人们心中所固有的文化基因。比如，中华优秀传统文化已经成为中华民族的基因，植根在中国人内心，潜移默化影响着中国人的思想方式和行为方式。因此，没有古代内容的现代生活不仅是索然无味的，甚至是根本无法存活下去的。比如，有些人把仁义道德、仁义礼智信、温良恭俭让，孝顺都视作是负面的。但试想一下，让他离开了这些“负面”的东西，他的生活会变成什么样？所以，钱文忠说，我们为了现代化把传统文化作为代价付出去了，别的国家没有付过这种代价。这个代价太昂贵了，可悲的是，至今仍有人活在这样的“迷梦”里。

“文章合为时而著”。继承传统文化并不是复古，而是与时俱进地传承其背后的价值观。孔子倡导“礼”，却不能在他的现实生活中找到古老礼仪的印证，但“礼”背后所体现的“仁爱”精神并没有改变，改变的只是在发展过程中，人们的生活方式改变后，礼的形式随之而变。传统文化绵延数千年，有其独特的价值体系，这一体系是开放的、包容的。曾经儒家经过佛学的刺激，整理自身的思想逻辑，重构儒家思想体系，成功地解决了佛学提出的新的思想问题。所以，我们今天传承和弘扬传统文化，更应该立足自身的文化体系，讲中西交融、兼收并蓄、损益扬弃，努力实现传统文化的创造性转化、创新性发展，使之与现代文化、现实生活方式相融相通。

形式的东西都是坏的吗？

有个笑话，端午节多地有往江里扔粽子和鸡蛋的习俗，以避免蛟龙水兽对屈原的伤害。后来的人觉得吃了要比扔了好，于是就把扔到江里改成了吃到嘴里来纪念屈原。这些年，改变了习俗，蛟龙和水兽生气的找上门来问："这些年只看到你们往江里扔粽子叶，没看到粽子，这不是在耍我们吗？"百姓说："不是这样的，现在的粽子和鸡蛋太贵了，我们扔不起呀，只好把吃剩下的粽子叶鸡蛋皮扔到江里，好歹也是我们的一点心意呀！"

子贡欲去告朔之饩羊。子曰：赐也！尔爱其羊，我爱其礼。"朔"，左边是逆，右边是月，逆月就是迎接新月，指每个月的初一。"告朔饩羊"是周礼，每年岁末，周天子要向诸侯颁布明年的历书，包括有没有闰月，每月初一是哪一天，这叫颁告朔。诸侯接回历书以后，供在祖庙，每月初一的时候，便杀一只活羊，祭于庙，这是告朔的仪式，也是向国内百姓宣布，今天是初一，然后回到朝廷听政。这祭庙叫"告朔"，听政就叫"视朔"后者"听朔"。到子贡的时候，每月初一，鲁君不但不亲临祖庙祭拜，而且也不听政，只是杀一只活羊而已。所以，子贡觉得仪式没有了，朝会也不开了，白白可惜了一只羊，就跟老师感慨，要不放过这只羊吧？

但孔子是反对的，他说：赐啊，你心疼这只羊，我心疼那礼啊。孔子面对礼崩乐坏的事实，心中无限感慨，但仍然心有不甘。在他看来，礼废了，朝会也没有开了，但若是每月杀只羊这样的形式还在，就还有一种精神寄托和礼的符号在。或许未来某个时期，国家强盛起来后，国君问起为何每月杀羊这事儿，还能再引出这“告朔”之礼来，恢复告朔、恢复朝会，也未可知。若是因为大家不关注这“告朔”之礼，就把杀只羊这样的形式也省掉了，这老礼儿、老规矩，也就真的没有了，从今往后，想找都找不回来了。

华杉老师说，本质没了，我们仍然要尊重那形式。形式不是虚壳，要留着。有那形式在，还有机会恢复本质。若形式也没有，这文化遗产就失传了。我们很多本该坚持的传统和制度，就是因为某个时期某些人的疏忽，再加上子贡这样的“节省”者，彻底丢了。

说到形式，自然想到形式主义，也都在反对形式主义。因为，形式主义的本质是手段的目的化、过程的结果化、价值的功利化。比如，亲戚朋友婚礼随个礼，是美好的祝愿和真心的祝贺，礼物或者红包只是情感的载体，但现在不少时候把这种手段变成了目的，把红包异化成情感本身，红包越大说明感情越深，这就变成了形式主义，不但不能联络感情，还让人不堪重负、不堪其扰。

所以，我们在讲形式的时候，首要的就要与形式主义区别开来，不能把留住形式，变成了搞形式主义。因为，如果上上下下皆只重排场与形式,不讲实质和内涵,历史不断告诉我们,这就是走向衰亡的先兆。形式主义与衰退是互为因果、相因相继的。越是走向衰退,就会越偏离原有的内涵,造成形式主义;在形式主义的道路上不断滑行,衰退便越是不可逆转。就如子贡感慨"告朔"的形式化,本质上是鲁国的衰退,国君的边缘化,这样的衰退和边缘化又加速了以国君为中心的一系列礼仪的形式化。所以孔子想留住形式,就是想"挽住云河洗青天"。

前面举了政治上的形式的例子,其实,更应该关注的是文化上的形式。文化的积淀有时就与形式的传承分不开。比如,传统风俗本身就是一种形式的传承。开篇说的端午节的玩笑,现在的端午节变成了"粽子节",包粽子实际上与屈原也没有半毛钱关系了,但这种形式却传承下来,还在不断被赋予新的内涵。还有清明节,很多人已经不知道这个节最初是怎么来的了?什么重耳、介子推?完全没听说过,只知道清明节该回家祭祖。说明,清明节这一形式的内涵慢慢发生了变化,已经脱离了最初的样子了。

还比如,今天,我们会想起毛主席,可能我们已经忘记了他离开时的情形,但会记住这样的一个老人带着他的一群伙伴儿,为我们今天的幸福而上下求索。

只要我们出离功利,留住形式,就留住一条通往初心的道路;留住形式,就留住一份回归本源的念想;留住形式,也留住一个走向未来的期许。

文化是温暖的传递

读过一本名叫《大师大学》的书,序言中对清末民初云集的大师们,有这样一个比如,让人刻骨铭心:某人修屋,当年院内院内梨花盛开,灿若云锦。道衍和尚见之,叹息说必定是修屋伤了梨树的根了。次年,梨树果然死去。原来梨树是知道自己将死,故此以生命最后的灿烂,换取更多的种子有机会繁衍。回首清末民初,中国文明的命运,也正是如受伤的梨树一样。作为一个绵延几千年的古老文明最后的信徒,那些大师们在危机面前迸发出了惊人的生命力。他们顽强地守护着中华文明的心脉。这样的大师就如那一树繁花。两千五百多年前的孔子,也曾经历着这样的时代。

仪封人请见,曰:君子之至于斯也,吾未尝不得见也。从者见之。出曰:二三子何患于丧乎?天下之无道也久矣,天将以夫子为木铎。"仪"是卫国的城市,"封"是边防小官。他要求见孔子,他说凡是贤人君子,到了我的地界,就一定会去拜见。孔子的随从领着他见了孔子。这位仪封人出来后,对孔子的随从说:你们这些人怕丧失什么呀?天下无道,上天正是要你们的老师来做醒世的导师啊。

古代木做的铎,是用来敲响大钟作警惕用的,好像庙堂里的敲钟打罄一般。中华文化绵延几千年,几经坎坷,如果按照西方文艺复兴的逻辑,中华文化经历了春秋战国、唐代和五四运动,大约可算作三次复兴。每一次复兴都伴宿着灾难,也都有自命为木铎之人,延续文脉。

孔子无论在他所处的年代,还是在今人看来,都无愧于大师。如不是为了来自灵魂深处的那份“天命”的召唤,他完全可以在鲁国或其他什么国家,过着高官厚禄的生活,乐享天伦。但他为了内心的使命,选择了颠沛流离,四处碰壁。在用尽心力后,回到自己的故乡。虽然他弦歌不绝,但叹息“甚矣吾衰也!久矣吾不复梦见周公”的时候,无疑是悲观的。

也许,悲观是一种远见,鼠目寸光者不可能悲观。是啊,你看那古圣先贤在历史的深处投向未来的目光,都是忧郁的。但,他们的悲哀,都不是因为自己穷苦,哈姆雷特、释迦牟尼、叔本华,都曾拥有世人羡慕的幸福生活,他们的悲哀都不是为了自己。正是这样的悲哀能够穿越千年,与我们的目光相对,依然能感受到他们的坚定和温暖。

这位仪封人让人想起老子出关时的那个守关的小卒,他们地位都不高,但分明就是那目光如炬的“扫地僧”。他们看尽世间百态,内心深处一样有着深沉的忧郁和焦急的等待,他们看到了黑暗来临时的混沌,却无力挽回。当他们看到那承载着文化心脉的圣贤从自己身边经过时,那是无比的幸福和喜悦。与他们自己,终于可以心安了,但他们依然要请出《道德经》,依然要发出“木铎”之叹,与其说这样的举动是为了自己,更要说这是要告诉世人,世道不灭,人心不灭,圣贤就在我们身边,无需为了暂时的黑暗而悲观,因为我们的悲观都被圣贤看在眼里。薪尽火传,圣贤走过,一路播火,光明不再遥远。

今天,我们步入了新的时代,近一个世纪的物质追求,四十年的改革开放,物质的世界高度发展。而精神和灵魂却落后于这样的"世纪速度",物欲横流中的浮躁,精致利己下的猥琐,让人感受到的是琳琅满目中的萧条,体会的是觥筹交错后的失落。这样的世界、这样的世道呼唤灵魂的回归,期待现实的出离。人民是历史的创造者,也是文化的传承者,更将是新时代的奠基者,现今的困境也必然依靠人民才能走出。

古来的圣贤从未走远,这样的智者就在身边。不信你看,那个"累累若丧家之狗"的芸芸众生,一定掌握着开启新时代的钥匙。

内心的信仰更重要

2018 年 9 月初，银城铺镇国持营村党员代建军为竞选村委会主任，在村委会主任候选人选举投票前，采取拉票贿选的方法送给董某等 4 人现金各 500 元，共计 2000 元。投票选举时，上述 4 人均投票给代建军，最终代建军以 17 票成为村委会主任候选人。代建军身为中共党员，违反组织纪律，拉票贿选，2018 年 10 月 8 日，经区纪委常委会议研究决定，给予代建军留党察看一年处分，收缴违纪款 2000 元。

2018 年 10 月 6 日下午，常庄镇花园村杨天向、杨武等人因对该村村委会候选人资格不满，商量用上锁、车堵村委会大门的方式向常庄镇政府工作人员讨要说法，并于当晚买锁将村委会大门锁住，10 月 7 日早晨 5 时许，杨武等人又将 3 辆轿车停放在村委会大门口，阻碍选举人员进出。杨天向、杨武身为中共党员，严重扰乱选举秩序，经常庄镇纪委立案审查，镇党委研究决定，分别给予杨天向、杨武党内严重警告处分。

2018 年 8 月 30 日，欢喜庄乡欢喜庄村党员褚阳阳违反组织纪律，在竞选欢喜庄村党支部委员前，到该村党员王某家登门拜访拉票。8 月 31 日，褚阳阳正式当选为党支部委员。褚阳阳身为中共党员,违反组织纪律,采取登门拜访拉票的手段,搞非组织活动。经区纪委常委会研究决定对褚阳阳进行立案审查,欢喜庄乡党委取消其党支部委员资格。

2018 年 8 月 24 日,在任各庄镇前泥河村党支部换届选举现场,支委候选人郭强因对其他候选人不满,在现场向全体党员宣称,选举结束后,到村小卖部买 100 元东西,赠送 1 万元钱。郭强身为中共党员,在选举现场采取贿选的手段干扰选民意愿,违反换届纪律,任各庄镇纪委对郭强进行了严肃批评教育,任各庄镇党委取消其参选资格。

子曰:唯仁者能好人,能恶人。初看这一句,感觉很奇怪,每个人都有自己的情感,谁还不分个好赖人啊。如果说谁不分好赖,那是骂人的话。所以钱穆先生在注解此句时,开篇便是:"此章,语更浅意更深。"恰好看到河北省唐山市通报的四起拉票贿选的案例,看来公平公正地评价个好人坏人,真的不是想象的那么简单。孔子在几千年的历史深处就标定出这样一个分水岭:"只有仁者能真心地喜好一个人,也能真心地厌恶一个人。"言语不多,却响彻千古。

好恶之心,人人皆有。但是自己如果先有了私心,最初的好恶也将被这些私心所不断篡改、歪曲,表现出来的便不再是那本来的模样。有了谋求顾忌,"多思转多私",心也就累了。"壁立千仞,无欲则刚",少一分私心,就多一分洒脱和快乐。王阳明说:减一分人欲,便多一分天理。佛家讲以戒为师,超脱一步,便是精进一步。这种以退为进的修为,各家都是相通的。

仁者内心执着坚定,始终以"仁"来规范自己,指引自己的言行,是非善恶不以个人进退得失为评价标准,全都依道而定、依道而行。而不仁者,没有信仰,心随利益左右摇摆,对我有利的,错的也是对的,对我不利的,对的也是错的。这样的区别落实到对人的评价上,也就成了孔子所言,仁者能分出人的好与恶,不仁者只能分出对自己的利与不利。假使这世间人人都以自己的利害得失行事,也就没有了好与坏的标准,公平正义将何从谈起。

如此,君子与小人也就泾渭分明。仁者君子以坚守的价值观评判人和事,任何人任何事如果符合价值评判标准就是好和善,不符合就是坏和恶,与自身的利害无关,与关系的远近无关,与对我的好坏无关。如此行事,便有大丈夫风范。写到这里我的脑袋里出现的是一连串伟大的名字,有累累若丧家之狗的孔子,有大义凛然的孟轲,有虽九死而未悔的屈原,还有被灭了十族的方孝孺……这些人有着共同的悲剧底色,但正是这些个人的悲剧,守护了文明的本色,也成就了几千年文化不断不灭。

风气变坏的根本在于人人都讲利害,风气纯正的基础在于人人都分是非。这是非的标准便是内心坚定的信仰和坚守的原则底线。人民有信仰,国家有力量,民族有希望。只有这样的信仰被全体人民所接受,“群众的眼睛才会雪亮”,好与坏、是与非、善与恶的价值标准才能立起来。如果手中的选票变成混顿饭吃的“饭票”、领点小钱的“钞票”、弹冠相庆的“官票”,甚至“米票”“面票”“油票”,所谓的民主还有什么意义。

民主选举是这样,干部选拔同样如此。“警惕商品交换原则污染党内政治生态”。不能不说这样的警示，来源于那一次次的拉票贿选，来自于利害对是非的侵蚀。政策和策略确定后，干部是决定因素。选人用人的标准写在纸上，最终却体现在领导的德行里，不要指望一个坏人能把好人选出来。所以，用一个君子能引领一股风气，用一个小人则是“不仁而在高位，是播其恶于众也”。

用君子，不用小人，这是底线。

别让利,害了我的娃!

我的朋友这两天转了个朋友圈"多读圣贤之书,能让心情平和",但我把《论语》读了一遍又一遍,仍然无法出离内心的愤怒,夜不能寐。睡不着就会多想,脑子里蹦出了"里仁第四"中的"放于利而行,多怨"。我想孔子是威而不猛的,我做不到,只想大声喊一句:别让利,害了我的娃!有句俗语叫:人心不足蛇吞象,劝世名言。出自《山海经海内南经》:"巴蛇食象,三岁而出其骨。"战国楚屈原《天问》:"一蛇吞象,厥大何如?"比喻人贪心不足,就像蛇想吞食大象一样,最终反而被大象活活撑死,也意味着大难临头。

子曰:放于利而行,多怨。孔子说:一切都依照着利的目的来行事,必然滋生怨恨。"欲利于己,必害于人,故多怨。"这是程子的注解。由于金钱对一切事物的侵蚀冲击,足以解构所有信仰和价值观,消解人与人、人与社会之间的所有信任,坍塌人们内心的寄托与依靠,如何没有怨恨?"君子喻于义,小人喻于利"。如果只考虑自身利益,在品质上则成了小人。孔子承认求利之心人皆有之,但不能"放于利而行",求利活动必须以"义"相制约,见利思义、见得思义!同样,权力者如果在社会中放纵自己对利的谋求，最终的结果反而损害了民众的利益。一个社会倡导以利益为中心，社会出问题是迟早的事。

毒疫苗事件，尘嚣四起、民怨沸腾，但通观事件的始末，我们看到一个大大的“利”字。无良商人利用现代金融和古老权钱的游戏，把自己的利益放到最大，就如一条贪心不足的蛇，面对着大象张开了血盆大口。总理说：疫苗质量安全，是不可触碰的红线。因为那背后连着我们每个人心中最敏感、最柔软、最珍视、最不容侵犯的底线，连着这个民族未来进步、发展的希望，连着人们对上位者最基本的信任。这些都能拿来换成“利”吗？

但善良终究限制了我们的想象力。有些人的回答不仅仅是“能”，而且丧心病狂的在做。与千千万万个父母一样，我第一时间翻开孩子的“疫苗本”，赫然在目的是那几个罪恶的名字，那种绝望和紧随而来的愤怒无以复加。我无法想象，一个怎样恶毒的心灵，连这些稚嫩天真的孩子都不放过。恶毒与纯净之间，是每一个父母愿意以命相博的底线，守住了就是如鱼得水，越过了就是覆舟之水。作恶者和当权者可曾知道？

相鼠有皮，人而无仪！人而无仪，不死何为？对于这些无良的作假者和与之同流合污者，作恶是他们的本性和本心，心中只有利字，眼睛就变成了孔方。君不见他们在人们滔天的怨恨面前，第一件事不是停止作恶，而是反诬是曝光者利益受损的报复，辩称只是没有作用对人体无害，紧接着就是担心股票暴跌而临时停牌。“卑鄙是卑鄙者的通行证”“人而不仁如礼何，人而不仁如乐何”，我们期待法治中国能够将这帮毫无人性的“玩意”钉上法律的耻辱柱。

我理解人民的愤怒,也庆幸还有愤怒。正如我所尊敬的鲍鹏山老师所言:检验一个人有没有道德感,一个方法是就看他会不会生气:如果面对黑暗、邪恶,面对世上一切的不公、不平,你还能够生气,并且很生气,说明你还是有道德感的,你的道德感还很强;反之,面对这一切,不很生气,甚至干脆就不生气了,说明你的道德感已经麻木了,甚至已经同流合污了。同样,检验一个民族有没有生气,方法就是看这一个民族还有多少人在生气:对邪恶、对不公、对不平,如果还有很多人在生气,这个民族就有生气;如果对邪恶、对不公、对不平,这个民族已经没有多少人生气了,那这个民族就没有生气了。

能生气的人,是有生气的人;能生气的民族,是有生气的民族。反过来,如果要戕害一个民族的生气,最阴险,也最毒辣的办法,就是迫害这个民族里那些还能生气的人。有人生气,就会有人得救。生气的人越多,这个民族就越有生气,社会就有救了。

网上一篇《今夜,孔夫子做鬼哭山东》让我久久不能平静,虽未生于山东,但一直把山东作为第二故乡,深信孔孟之道。但“毒疫苗事件”让我看到在孔孟之乡,在利与义的选择面前,如此多的富与贵者,变成了小丑和小人。齐鲁大地沦落至此、世道人心沦落至此,要哭的何止孔子。我想写下批示的各级领导,他们的内心应该与我们一样。希望高层震怒和无数个微若你我一起,能够汇聚起颠覆人世间一切邪恶的力量,给我们的孩子留下一份安全、给这个民族和国家守住一份希望。是的,我深信!

傅国涌先生说百年现代化进程的两个推动力是知识分子和企业家阶层。中国的企业家是从历史上的商人和官商走过来的,更是在近代异质文明冲击下产生出来的。起步时,就怀抱着实业报国的愿望,从张謇、卢作孚、史量才、荣氏兄弟开始,这个阶层就不是为了发财致富而是为了救国、报国开始经营的,肩上始终扛着道义。抗日战争来临的时候,蒋介石派了两个人去美国借钱,一个是胡适之,一个是陈光甫,他们恰好代表了知识分子和企业家阶层,是当时社会最具有信任的力量。他们对利与义的思考和实践曾让世人感动,至今铭记。

社会最终是生长出来的,不是设计出来的,但所有的明天都是从昨天开始的,当然也是从今天发展的。今天"先富起来"那部分做企业的人,在掌握了巨大的财富之后,是否应该思考价值的失落和空虚,寻找可以安顿心灵的信仰寄托。继起中国企业家留在历史并不深处的精神遗产,在社会进步与发展的过程中,贡献一份"正能量"呢?

希望今天的愤怒也能成为明天的纪念。

带队伍的学问

带队伍的学问

公元 629 年，贞观三年冬天，唐太宗准备发布征兵令，征召 18 岁以上的中男从军，朝中大臣封德彝提出，虽然有的中男未满 18 岁，但长得个头大、身体强壮的，也可以征一点，唐太宗认为这个建议可以充实兵源，就同意了。征兵的命令起草好了，魏征不同意，不在上面签字，反复折腾了四次，就是不同意签。唐太宗大动肝火，把魏征叫过来当面训斥：青年男子身体强壮高大的，不少就是虚报年龄来逃避兵役，征用他们有什么害处，你百般阻挠，是何用心？魏征说：军队治理有在于一套训练将士的方法，不在人数多少。把那些身强力壮的足龄请青年征召到队伍里，精心训练，足可以天下无敌。何必要把那些不足龄的孩子拉来凑数呢？您常说，要以诚信来治理天下，对老百姓从来不说虚话，失信于民，怎能治理天下呢？

孔子说：道千乘之国，敬事而信，节用而爱人，使民以时。这是孔子在《论语》里第一次谈到治国理政的方法，也是做领导的大学问。这句说的是如何领导一个“千乘之国”，放在今天，我们当然可以类比为如何领导一个组织、一个集体、一个企业、一个团队。

要敬事而信。有人把这句解释成“敬事”和“信”两个层面;也有人说“而”解释成“能”,就是敬事能守信。第二种解释更合理一些。清代大学士张廷玉在家训中提到:敬慎谦和。把敬、慎放在第一位,心中有了敬,就会重视、慎重。但不能因为“敬”就畏首畏尾,还要诚实守信、始终如一。所以这句解读为“敬始成终”,敬事之始,“而信”能成终。古代皇帝圣旨里面最后两个字是“钦此”,钦即为敬事,钦此即好好依诏令做事。领导意味着责任,古代师爷文案的座右铭是:笔下有财产万千,笔下有人命关天;笔下有是非曲直,笔下有毁誉忠奸。掌握权力特别是公器的人,当有这样的敬畏。比如做企业,手下的人跟着你是要吃饭穿衣,养活一家老小的,如果作为领导做事不认真,把企业做垮了,不仅是对自己不负责任,也让跟着你的人和他们的家庭都受影响,怎能不心存敬畏呢?老子说:治大国如烹小鲜。与“敬事而信”异曲同工。凡事要深思熟虑后再下手,没考虑成熟就实施,出了问题不得不来回“翻烧饼”,何来信用,而领导的本质就是取信于人!反思我们很多政策制度,出台轻率,最后带来制定者自己完全无法想象无法控制的后果,最终受罪的老百姓。这就是决策者在制定政策时,太自负、太傲慢,内心没有敬畏,有的是“愚而好自专”,因为不知道,稀里糊涂蛮干,有的明知以后会有不好的结果,但上级领导都同意了,改了怕麻烦,不负责任的出台。最终也让这个组织和团体威信扫地。

要节用而爱人。这句也是参照上一句的解法,要节用,但不能一味节俭而苛刻待人,还要能爱人。所以,节用不是不花钱,而是不乱花钱,不搞铺张浪费,钱要用在刀刃上。我们的父母一辈,虽然他们工资并不高,但他们在遇到大事的是总是让我惊喜,而我们现在的年轻人,看似赚的很多,但不少都是月光族,一有急事,还得找父母求助。这其中的原因就是父母一辈懂得节俭持家的道理,该花的钱要大方,不该花的地方一分都不花。“大财富来自小积累”,从无数个小地方积累,才有可能有大的财富。作为领导就是要有这样的父母之心,不能像朱元璋一样,叫花子当皇帝,为了节约开支,让手下都吃不饱饭,最终带来的贪腐登峰造极。要量入为出、虑及长远,带着感情考虑一个组织一个单位的未来和下属的境遇,让财富绵延不绝、源远流长。

要使民以时。就是用人应该把握时间,这个“时”很重要。孔子最讲“时”,曲阜孔庙有个门就叫“圣时门”,孟子也说孔子是“圣之时者也”,鲁迅解释为“摩登圣人”。这句本意是要在适当的时节征召夫役,不能选择农忙的季节,透支民力。这个规矩一直到现代还在实行,小时候农村集体兴修水利都是在冬季农闲的时候,因为春天要播种、夏天要“双抢”、秋天要收割,都是农忙季节。只有选在合适的时候征召百姓做事,才不会影响大家正常农事,否则肯定怨声载道。对今天我们用人来说,就是要珍惜“民力”。从几何时,我们倡导加班加点、倡导“三过家门而不入”、倡导带病坚持工作,用孔子的观点看,都不是“使民以时”。随着时代的发展,这些观点“陈旧”了,不再提倡了。经常说要成功就要对自己狠一点。但作为领导,却还是应该以父母之心对待下属,试想你会让你的孩子通宵达旦吗?会让你的孩子睡办公室吗？会让你的孩子生病了还坚持工作吗？己所不欲勿施于人。

能做好孔子说的这三点的领导，当然就能带好队伍。

道德的力量不能丢

“知我罪我，其惟春秋”。孔子编写完《春秋》说：“知我者，其惟《春秋》乎！罪我者，其惟《春秋》乎！”问题来了，孔子为什么把这样一部承载着自己价值判断的史书叫《春秋》呢？因为儒家讲求“中庸”，不偏不倚。南怀瑾先生说中国文化是来自天文，一年四季的气候是不平衡的，冬天太冷、夏天太热，讲昼夜，冬天的白昼太短，夏天的白昼太长，也不是中庸。只有春天二月间和秋天八月间，“春分”“秋分”两个节气，白昼黑夜一样长，气候适宜，不冷不热，暗合儒家的治国理政之道，所以称历史为春秋。

子曰：为政以德，譬如北辰，居其所而众星共之。《论语》第一篇《学而》讲的是个人做学问的内在修养，接下来第二篇《为政》是讲学问的“用”。后世经常把“政”单独拿出来说，类似于现在说的“政治”。但按照南怀瑾先生的说法，孔子很少单独讲“政治”，只说“为政”，他提出“为政”就是教化。教化包含两层意思，教是教育，化是感化。其实孔子认为“学”同“为政”是分不开的，“学而优则仕，仕而优则学”，就是当官有余力就学习，学习好了就去当官实践，二者是知行合一的共同体。

所以这句话可译为:为政要以自己的道德为主,就好比天上的北辰,安居其位,众星围绕在它周围按照各自的轨道运行。

孔子这句话以一个天文学的比喻,构建了儒家社会的模型。北辰以其核心引力牵引着众星,众星在这一引力的作用下沿着各自的轨道运行,各自承担自己的命运和角色。一旦引力关系和轨道紊乱,就会让这个体系无法运行。这个维系社会运转的核心力量,儒家认为是“德”。中国文化的一个重要特征是“以天为则”,就是向天道学习。儒家这种社会系统的构建,来自于仰望天空这幅宏大壮阔的天象,认为这是天道对人的昭示,是人类社会的最佳样板。

回到孔子所处的时代和一贯的政治主张,“北辰与众星”的关系实质上是周天子分封各诸侯国的封建制,周天子是“北辰”,各诸侯国是“众星”,天子承载天道,为政以德,诸侯国围绕在其周围,受周天子的教育和感化,各行其道,天下大治。道家以“无为而治”来解释这一问题,北辰一动不动,众星各得其所。有人据此也说在这个问题上儒家和道家默契了一回,孔子也提倡“无为而治”。其实未必,孔子提倡的是“为政以德”,通过道德的力量来维系北辰与众星的运行,而不是什么都不做。

这个体系及其所演化出来的以德治国的理念作为主流思想,延续两千多年。李泽厚把它归为“泛道德主义”,将宗教性的人格追求、心灵完善与政治性的秩序规范、行为法则合到一块儿,“德”与“法”分不清楚。从孔孟开端,由汉儒到宋明理学,影响深远。已发展成为非常复杂完备的理论系统、伦理规矩和文化心理,表现为社会、政治的法规体系与“伦理道德”交融在一起,道德的高标准与法律的底线要求分不开,道德问题法律化、法律运用又受道德制约,掰扯不清。

两千多年的历史也同样告诉我们,以道德为基础的政治往往是专制政治,而专制政治也往往选择以道德为基础。所以,孔孟这一套政治构想,与专制政治相生相伴,这也是历朝历代不肯脱下儒家外衣的内在逻辑。因为以德治国行王道,只能耐心等待一个不失仁心且能够把仁心推恩到广大百姓的圣明君主,君不见我们历史上“万民仁主”“青天大老爷”的故事层出不穷。直到“五四”之后,以蔡元培、胡适之等16人为代表的知识分子群体,还在提倡“好人政府主义”。这套政治建构和文化的缺陷无法以自我修复而成熟。

同时,也要看到“以德治国”对统治者也有约束性,在孟子的思想体系中得到阐发,他就明确赞成诛杀“独夫”,以至于被朱元璋赶出孔庙。这一思想让春秋之后,儒家知识分子虽无力改变皇帝专制统治的现状,却创造出对“天”的信仰,逐渐深入人心。这种思想以“道统”的形式相延续,甚至不以王朝的更替而中断。他们把“人”与“位”的关系以“德”联系在一起,而且“天视自我民视,天听自我民听”,把天与百姓联系起来,形成对统治者的约束,君要有君的样子,否则民众革暴君之命在道义上就是合法的。这两个方面让中国历史在这个矛盾体中遇到了“鬼打墙”,革了暴君期待明主,明主过后出现暴君,再来一次,正可谓兴百姓苦,亡百姓苦,直到整个封建社会的灭亡。

那么,是不是孔子“德治”的思想就该丢进历史的垃圾堆了呢？不行！在今天我们提倡“依法治国”的大背景下，对“德”的要求依然迫切。“政治路线确定后，干部是决定因素”。山东曲阜适时建设了“政德”研究机构。因为，好的法律还要有好的人来执行，如果掌握在小人或坏人的手里，终究是会找到变通之术的，国家的兴衰都是“人”与“法”相互作用的结果。

制度与道德也是密不可分的，好的制度促进道德的发展，坏的制度让人伦丧失，例子很多，比比皆是。须知，道德的建设依赖于良好的制度，不可反之。

再谈道德的力量

《论语》中有季康子问政于孔子的故事。季康子是鲁国三家大夫之一,三大家他是最大的一家大夫。他把持朝政,治理得不好,所以他要向孔子问政。孔子对曰:政者,正也。子帅以正,孰敢不正。政者,正也。政治是什么意思?就是公正无私这个正。你守住公正,给大家做个好榜样,子帅以正,子是对季康子的尊称。说您老人家"帅以正",帅是表率,你给大家表演出正的样子,以身作则,谁敢不正?整个国家也就正。你把持朝政,你正了,大家都正。"其身正,不令而从",你不用下命令,大家都跟着你学了,都会做得正。如何得正?要"为政以德",用道德。所以正的标准是德,符合道德的就叫正,不符合道德的就不正。

在孔子看来,为政之道,以德行为本。这里就有个德与才的关系,德才兼备、以德为先。须知德胜于才的人生平淡,才胜于德的人生危险,德才不胜的人生失败,只有德高才俊的人生才是精彩的。在一个单位一个团队里,身处上位者以什么样的姿态和状态走在前面,反映的是人生发展的境界,也彰显出领导者的格局。平淡的人带不动队伍,危险的人带不好队伍,失败的人带不出团队,只有精彩的人才能带出顶呱呱的队伍。

德行修养,首论公私。公私的命题是一个人道德中最不可回避,最影响人格、人品的大题目。如何回答这个命题让道德高下、为官清浊泾渭分明。权力、利益、情感等本身都是中性的,但在这些前面冠以"私"字就成了今天不少领导者德行不好,甚至违法犯罪的根源。"私不去则公道亡",只有在公与私上清清楚楚,在钱与物上清清白白,在来与往上清清爽爽,才是有德之人该有的状态。

德的根本源于在是与非上不动摇。有人戏称:孩子的世界才讲是非,大人的脑袋里只有利害。这也反映出当今社会一些颠倒的价值观和自私自利的乱象。大丈夫行事,论是非,不论利害,"小人"的眼里才充满着利益。作为领导者,要努力做大写的人,绝不能习非为是、人云亦云。否则,其治下,将是乌烟瘴气。

带人要带心。管住自己,是管住别人的最好办法,也是唯一办法。权力产生的威信常常会因为职位的变化而改变,而因为优秀品德和人格魅力带来的威信、敬重、感召力、凝聚力却是不会轻易改变的。前者属于职务内权威,具有强制性,不得不服从;后者是职务外威信,与组织和职务没有关系,服从和认可完全是自发的,发自内心的,心甘情愿的,无怨无悔的。这时候精神感召力的巨大作用远远超越了金钱以及其他利益带给人的刺激。

"千里家书只为墙,让他三尺又何妨",桐城六尺巷的佳话从一个侧面告诉我们,凡事首先反省自己的不足并付诸改正的行动，往往会收到意想不到的效果，这便是道德的力量“行有不得者皆反求诸己”。一事当前，我们首先反省自己的错误，对方多半就会有正向的反应，即便一时没有也报之以宽容，很多问题就会在无形中化解了。对于一个社会来说，每个人都能唤醒自省意识，焕发自省力量，就会形成向上向善的良性循环，重品行、讲道德、守规矩就会蔚然成风。

众星随北辰而动，众人依道德而行。

法治和德治都不能少

在一个庙里有若干个和尚,每顿饭都是同吃一锅粥,由于当时没有什么有效的计量工具,粥总是分不匀。于是他们商量制定一个公平的制度,用以解决这个棘手的问题。刚开始他们选举一名公认德高望重的和尚,他们认为只有最有道德的人才会最公平。但很快他们就发现,由于僧多粥少,那个负责分粥的和尚碗里的粥总是又多又稠,换了几个人最后都是这样。于是他们换了一种方法,让所有人轮流分粥,这看似一个最公平的办法,却导致了每个人只有在自己分粥的那天能吃饱,其他的日子里都是饥肠辘辘。道德和轮流执政都没能让公平降临,有人提议成立集体监督制,成立分粥委员会和监督委员会,形成民主监督制。可由于各派意见常常发生分歧,导致效率极其低下,争来吵去,经常是粥都凉了还没吃上,这种制度不久也被废除。经过再三讨论,这个看似无解的问题却被一个简单的办法彻底解决。其实就是回归当初轮流分粥的方式,只是又完善了一步,就是分粥的人要让所有人先拿,自己吃最后剩下的那碗。奇迹出现了,每餐的粥都分得非常公平,因为分不公平自己就得挨饿。

孔子说:道之以政,齐之以刑,民免而无耻。道之以德,齐之以礼,有耻且格。这句话与“为政以德”都反映了孔子“以德治国”的为政主张。“道”是导,引导。“政”,是法制政令。“齐”,“所以一也”,让大家都行为一致。翻译成白话文:用政令来引导人,用刑法来约束人,人们不犯法,但没有羞耻之心。如果以道德来教化引领人,用礼的制度来规范人,人们心中有了道德的标准,自己就能主动要求自己。

孔子当时的语境中说出这样的话那是颠覆性的,是基于“人民的立场”。上古时期“刑不上大夫”,那时候的刑法很苛刻,也很野蛮,但都是针对普通老百姓的,对大夫以上用礼来治理。法家的办法是把治理老百姓的法上延至大夫以上,实际上是就低不就高。儒家是把对大夫的礼用于治理老百姓,就高不就低。儒家从“因”上想办法,法家从“果”上想办法,儒法之争,见仁见智,最终形成了“外儒内法”,一只“披着羊皮的狼”,行走于两千五百多年的朝代更迭中。

胡适先生说过:一个肮脏的国家,如果人人讲规则而不是谈道德,最终会变成一个有人味儿的正常国家,道德自然会逐渐回归。一个干净的国家,如果人人都不讲规则却大谈道德,谈高尚,天天没事儿就谈道德规范,人人大公无私,最终这个国家会堕落成一个伪君子遍布的肮脏国家。开篇的那个故事也启示我们:道德代替不了规则,在利益面前,尤其是在资源匮乏时期或利益巨大的时候,任何道德的呼唤都会显得那么苍白无力,对于人性的考验往往是悲剧的结局。

这么说好像法家比儒家高明?不一定!请看历史上那些

“苛政猛于虎”，哪一个不是用制度的笼子把老百姓扎得喘不过气，最终以命相博、朝代更替。为什么会这样呢？因为，无论是儒家还是法家在根子上都是“为民做主”，儒和法都是那个“天之子”手中“牧民”的办法，目的就是为了维护一家一姓的王朝千秋万代。这样的立场和方式上谈的道德与法治，如何能走向“人的自由而全面发展”，因为人家压根只是让你活着，你谈什么发展。

法治是老百姓的法治，规则是大家的规则，法要成为各种意见的最大公约数，由共识到共为，而不是我说你做，今天不让干这个明天不让干那个，朝令夕改、随风起舞。这样的“法”如何能“治”。资中筠教授曾详细介绍过美国宪法的制定过程，有些条款前后讨论 500 多次，一经制定从未修改，只有几个修正案。是不是这样的办法只有美国可以呢？不是。我国的第一届政治协商会议就是这么开的，第一部宪法的诞生，就是社会各阶层代表反复协商的产物。

现在怎么办？道德要不要，道德是由内而外的约束，当然要，法治是由外而内的规范，也不能少。但前提是真正变“为民做主”为“人民当家做主”，让每个人都能做“人”，一个真实完整的人，都有机会充分释放自己权益和诉求，相互碰撞协商，找到各自能接受的边界，这样的边界就是好制度的基础。因为，公正的规则，能引导和鼓励人们行善；不公正的规则，会放大人性的恶。就如人们常说的：好制度能让坏人不敢作恶，坏制度能让圣人冠冕堂皇地作恶。在这个基础上再去谈道德与法治，把道德的事交给道德，把法律的事交给法律。

真勇敢是直面自己

我们总结刘邦能成就伟业,大都认为他得益于善于用人。殊不知,知人善任的背后是深刻的自知之明,知道自己知道什么,知道自己需要什么,知道自己缺什么,进而涵养识才的慧眼、用才的胆识、容才的雅量。

孔子说:由,诲汝知之乎?知之为知之,不知为不知,是知也。这句话和白话文无异。孔子说:子路啊,我跟你说的你都明白了吗?知道就是知道,不知道就是不知道,这才是真正的"知道"。道理很简单,一说都明白,但知易行难。

人必须认同自己的有限性,才可能超越和超脱。认识自己"不知",才可能达到"知",这才是智者。"人贵有自知之明","多见其不自量也"等,均可谓孔子这句话的注解。孔子的学问有个特点,"极高明而道中庸",不仅仅是高深道理和严格思辨,而且更是生活修养,是实实在在的生活学问。学《论语》与不学《论语》的根本区别是在生活中有没有自觉性的问题,尤其是道德的生活和道德的行为。也就是孔子说的,学了才知道自己不知道,由此打开智慧之门。

但做到这一点却不容易,一个重要的障碍是"面子",感觉承认自己不知道,是件很丢人的事情。其实,按照孔子的说法,一个人要诚实对待自己,自己知道就是知道,不知道就是不知道,这是高明的智慧。否则,不懂的事,硬充自己懂,那才是真的愚蠢。历史上伟大的人物,遇事常说:你看怎么办?就如开篇所说的刘邦的例子,他有个口头禅,就是:为之奈何?承认自己不知道,虚心听取别人的意见,也是成功人物成就成功的重要条件。

《论语》把这句话放在为政篇中,可见这是为政的重要原则。为官者敢于诚实无欺对待自己,才能诚实无欺对待百姓。官场文化中有个通病,就是"官大学问长",到了一定的级别后,就变成了全知全能了。领导有这样的偏好,手下便出现投其所好的"人才"。如此而来,各种逢迎拍马乐此不疲。久而久之,官员不知道自己还有错的时候,失去了反思和批判的能力。同时,也促使官僚体系掌握了价值体系,必然盛产奴才。君不见,孔子时代对上位者,无非是回答问话时由"曰"变成"对曰",加一个"对"字就是尊重了,说到底还是对等的;孟子更是说,王有"不召之臣",虽是臣,但还是有身份的;到了宋朝,在官文中就出现了下级官员自称"仆",仆比臣的地位下降了很多;至清朝只能是"奴才"了,一路演化,官越来越高,臣越来越低,最终一起走向灭亡。

走进新中国后,一切都发生翻天覆地的改变,但冰冻三尺非一日之寒,化三尺之冰也非一日之功。时至今日还会经常在新闻里面出现一个县长的随口一说,也都冠以重要讲话,随便写几个字,就是重要批示。多少无知的官员,拍脑袋决策、拍胸脯保证、拍桌子落实、拍屁股走人。看来这“知”与“不知”还有很长的路要走。“欺人如欺天,毋自欺也;负民及负国,何忍负之”。

虚心才能成就圆满。科学的决策方式该是:听多数人意见,和少数人商量,自己做决定。前进的速度不仅在于跑多快,更在于不折腾、少反复、莫回头。

孔夫子的升官之道

佛教于寺庙山门殿立有四大天王塑像以表法,其中西方广目天王、北方多闻天王,顾名思义就是教人们要多看、多听。净空法师讲述这二位天王的表法意义,即所谓“读万卷书,行万里路”,智慧从此而来。要读书,读诵佛经;要到处去看、去云游,像现在说观光、考察。“光”是什么?光是那个地方的风俗人情,那个地方的生活习惯。能够采人之长,舍人之短,不是凭空想象的。

子张学干禄,子曰:多闻阙疑,慎言其余,则寡尤;多见阙殆,慎行其余,则寡悔。言寡尤,行寡悔,禄在其中矣。这段话不太好把握,首先是孔子的态度,有说是平和的回答子张的问题,有说是对子张不问做人做事,而问如何求俸禄而生气。其次是在文字上,主要是“干禄”二字,有读为“子张学求官求财之道”,有说“干”只是“对待”的意思。“学干禄”即学习对待俸禄之方。且不去纠结这些文字的差别,都能解释得通。钱穆《论语新解》:此章多闻多见是博学,阙疑阙殆是精择,慎言慎行是守之约,寡尤寡悔则是践履之平实。人之谋生求职之道,殆必植基于此。

孔子提倡少说错话、少做错事，都有一个内在的共同指向，就是调查研究，就是躬身实践。少说错话、少做错事的办法有两个：一是不说话、不做事；二是慎说话、慎做事。孔子反对前者，而主张后者。设若士而为官，拿一份俸禄，对得起这份俸禄的不是不说不做，也不是滥说滥做，而是慎说慎做。“慎”，就是顾及前因后果，就是弄清来龙去脉。这份俸禄就是为此而发的。为何要“慎”？只因“为政”不同于“为学”“为商”，它关系人民之生死祸福，且难有改正机会，怎可不慎？

今天的人们，经常把历代王朝走不出“历史周期律”说成是由于“没有民主”，但实际上，自宋代以来，中国的士大夫阶层是充分享有民主权利的，甚至可以说主导了“道统”，有人说孔子是“天下文官祖，历代帝王师”，没有民主权利的并不是以士大夫为代表的知识分子，而是老百姓。与欧洲那些因科学发明而被送进监狱和被送上火刑柱的知识分子相比，中国的士大夫是垄断话语权的“贵族”。但历史却以一次次惨痛的重复昭示：口吐莲花、妙笔生花的士大夫，绝对不可能打得过不善言辞，但与战斗和生产融合在一起的“夷狄”。文饰异化出虚伪，而实干却沉沦为低俗，华夏文明的悲剧，士大夫阶层“只说不练假把式”难辞其咎。

毛主席是不喜欢儒家那一套的，因为在他看来，儒家脱离实际、脱离生产，脱离现实、脱离群众。“君子谋道不谋食”，到后世儒家发展为把形而上的理论与形而下的实践割裂开来，以至于宋明理学家提倡“格物致知，诚意正心”，却忘了如何“格物致知”，让阳明先生对着竹子“格”出病来，也未达到“致知”

的效果。痛定思痛,在悟透了“格物致知”是知识与现实的关系后,阳明先生创立了“知行合一”的心学,提出了著名的“四句教”,“知为行之始,行为知之成,圣学只一个工夫,知行不可分作两事”,一举打通了知识、现实和价值之间的关系。有人说毛主席的《实践论》就是受到王阳明的“知行合一”学说的影响,“没有调查,就没有发言权”。

无意为孔子开脱,在两千五百多年前中华文明初创时期,提倡“谋道不谋食”也有其现实背景和实际需要,但文明的发展离不开实践的土壤,后世拘泥于孔子的言说,不懂得与时俱进,使之固化为“空谈误国”的基因缺陷,确也非孔子所愿。今天,我们讲为官从政,讲改进作风,其实都还是在防止和克服这一缺陷。如毛主席所忧:他一手缔造的党会不会退化为脱离实际、脱离生产劳动、脱离人民群众、脱离世界大势的“新的士大夫阶层”。

如此看来,在“大兴调查研究之风”“密切联系群众”之时,是不是更该体悟一下孔子的“阙疑”“阙殆”“慎言”“慎行”呢?

孔夫子的用人之道

唐朝宰相娄师德极有才干,能入为相、出为将,特别是统领西北边防数十年,业绩赫赫,被武则天赞誉为“文武才”。娄师德与狄仁杰同朝为官,狄仁杰看不起他,屡次排挤他。但娄师德并不计较,多次向武则天举荐狄仁杰。一次,武则天告诉狄仁杰:“我重用你,是因为娄师德举荐你。”狄仁杰不信,武则天便命人取来十几道奏章给狄仁杰看,竟都是娄师德为举荐狄仁杰而写的。狄仁杰看后深感惭愧,感慨道:“娄师德真乃有德之人,我受他包容却一直不知,我不如他啊!”

《论语·为政》中哀公问曰:“何为则民服?”孔子对曰:“举直错诸枉,则民服。举枉错诸直,则民不服。”《论语·颜渊》中:(樊迟)问知。子曰:“知人。”樊迟未达。子曰:“举直错诸枉,能使枉者直。”樊迟退,见子夏曰:“乡也,吾见于夫子而问知,子曰‘举直错诸枉,能使枉者直。’何谓也?”子夏曰:“富哉言乎!舜有天下,选于众,举皋陶,不仁者远矣。汤有天下,选于众,举伊尹,不仁者远矣。”这句话在第二次出现时,子夏对樊迟的解释也是对孔子对鲁哀公之言的注释,他举了舜汤用人的例子,来说明老师这句话的内涵。

鲁哀公为“春秋十二公”中最后一位鲁国国君，在位期间，季孙、叔孙、孟孙三家专权，国事日非。他向孔子请教如何才能得到百姓的拥护，孔子回答说：“举直错诸枉，则民服；举枉错诸直，则民不服。”错通“措”，放置；枉：邪曲。意思是说，推举正直的人去管理邪曲的人，老百姓就会拥护你；推举邪曲的人去管理正直的人，老百姓就不会拥护你。孔子的这句话，可以视为他的用人之道。用人是一种导向，也是最根本的导向。用心理学的话，这种导向是一种矢量，就是“一种具有意志和方向的作用力”，卓越有效的管理者的职责就是用好这种作用力，牵引整个组织走向正确的方向。在中国政治的道理中，这种作用力强与不强表现为民服与不服，归根结底在德不在力，权力的使人服是霸术、霸道；道德的使人顺服，才是王道。

直即是正人君子，枉则是奸佞小人。举直错诸枉，就是让君子来领导小人，或者说是用君子而不用小人，如此则政治正常，德位相称。君子在高位，以德服人，民众自然信服，社会也就和谐了。如果反过来，举枉错诸直，就会政治反常，黄钟弃毁，瓦釜雷鸣，小人得志必然搞逆淘汰，自然民众不服，团队不稳定。这些都是再朴素不过的道理。有些人看不起这些常识，认为这是“小儿科”，但再远大的理想不能脱离实际，再高深的道理也不能违背常理，再伟大的感情也不能悖逆常情，如此方能深入人心、行稳致远。

政治不能偏离常识，但政治也不能止于常识。为“民服”而“举直”，这就要求“举直”者首先要“直”。正如古人说的：“身贤者，贤也；能进贤者，亦贤也。”凡正直之人必以国家、社稷为重,举荐品德高尚的人,且不计较个人恩怨得失。但以人识人,难免任人唯亲。武则天问武三思,朝中谁是忠臣?武三思说:跟我好的就是忠臣。武则天说:你这是什么话?武三思说:我不认识的,怎么知道他好不好?所谓近水楼台先得月,人总是相信自己的切身感受和体会,自己身边的人都是自己认识和考察过的,相比别人考察和推荐的,当然更放心。

因此,说一千道一万,还是要有可靠的制度作保证,选人用人离开了稳定的标准、程序、规范和监督,让少数人在少数人中选人,终究不能营造人才辈出的良好局面。毕竟如开篇娄师德这样的人,确实少之又少,不然他的例子也不会流传下来,反而那些任人唯亲、私相授受、结党营私、诋毁告密充斥着几千年的王朝轮回,也是每一次改朝换代的标准答案之一。一部《资治通鉴》对人君的忠告和提醒,也无外乎六个字:亲贤臣,远小人。但如何做到却是古老中国政治建设的短板。

要选好人用好人,首先要建立正确的价值观。这个价值观不仅仅指哪个选人者、哪个领导者,也指一个组织、一个团队。这个价值观必须是恒定不变、一以贯之的。无论人事如何更替、形势如何变幻,这个选人用人最底层的价值观不能变,变了这个组织和团队就变色了。按照这样的价值观去实践的,不用担心自己的前程,背离这个价值观的,再大的背景和来头也无进取的可能。只有树牢了这样不变的价值追求,直枉、是非、义利、正邪之别才能泾渭分明,在这个基础上也才可以谈如何选、如何用的技术性问题。否则,一个领导一个说法、一个裁判一个号令,不仅让人无所适从,也失去了人才们的信任,更让营私者无所顾忌,反正过不了几天就会变,这样的东西不值得尊崇。如此,选人用人全凭上位者的喜好和下位者的运气,那该是多么可怕的事。

孔夫子的为官之道

罗荣桓元帅从加入革命队伍起,不管做基层工作还是后来担任高级领导职务,都坚持联系群众,也很乐意低头做事。上任总干部部部长后,罗荣桓在一次大会上告诫干部:“不要以为你很高,这种高是因为你骑的马高。下了马,该多高还多高。”为此,有同志专门写了一首诗赞扬他:“革命友谊重山河,首长关怀暖心窝。帅府门前客不断,单车倒比汽车多。”

季康子问:使民敬忠以劝,如之何?子曰:临之以庄,则敬。孝慈,则忠。举善而教不能,则劝。这句话的意思是:季康子问孔子如何才能使唤民众,还能让他们对上恭敬,尽忠竭力,还相互勉励,加倍努力。孔子说你治国理政能庄重有仪,不怠慢,民众自然对上恭敬;你能做到孝敬尊长,慈爱幼小,民众自然尽忠竭力;你能举用有德有才之人,帮扶德行能力不足的人,民众自然相互帮助,互相勉励。

季康子,叫季肥,是鲁国的权臣,正是他与叔孙、孟孙三家专权,国事日非。他问孔子怎样使唤老百姓,这个动机本身就有问题,自己作为臣子,架空国君,眼里没有规矩和礼法,还要问怎么样让下面的民众如何才会对他敬、忠?可以想见,孔子听到这个问题时内心一定“万马奔腾”。但孔子的回答并没有批评他不对,却要求季康子自己如何去做。这既符合孔子“行有不得,反求诸己”的理念,也是对季康子毫不客气的回击。结合前面一节,孔子建议鲁哀公在用人上做文章,这一节要权臣在自身修为上下功夫,放到鲁国当时三家乱政的大背景下去体察,夫子的良苦用心跃然纸上。

孔子在这里提出了如何为官的大命题。归结起来就是,求政治清明,须从提升官德、政德做起,从领导阶层以身作则开始。君子之德风,小人之德草,草上之风,必偃。在法治不健全的政治生态下,人治是主体,领导阶层的文化道德风尚,对于民众的影响是决定性的,“致君尧舜上,再使风俗淳”。即使法治健全,为官弱化为普通职业,从政者的私德对政府的威望同样有着重要影响,宣扬大力提升从政者个人的道德操守和人格修为也不为过时,良法与善治相结合,才会相得益彰。

为官从政是个技术活。孟子讲:天下有达尊三:爵一、齿二、德三。就是说,为人尊崇一是来源于爵,即地位和权力;二是来源于齿,即年龄和资历;三是来源于德,即品德和人格。以此相应,领导可分为权力型领导、权威型领导和魅力型领导。领导力首先来自于职务,有职才有权。但有时候领导者自身素质不高,品行一般,因为种种不可名状的原因而身登高位,就一朝权在手,便把令来行。民众和下属出于对权力的敬畏和自身利益的关切,不得不为领导者效力,内心充满怨恨和不满。这种只凭借权力的领导,只能是低层次的领导,充其量是个权力型领导。

有权力不一定有权威。权威是在长期实践中逐步积累起来的,是民众和下属对领导者能力、品行、业绩的一种认可。有权威的领导,可以放大权力的效能,由他来执行政策法规、推动部署工作,往往效果事半功倍。这种领导一般会被贴上“能干”“有魄力”“实干家”等标签,在急难险重任务中,能力挽狂澜,既有骄人的业绩,也可能饱受争议。但如果过分依赖和显示权威,领导者自己不加以克制,可能导致民主被破坏,走向个人崇拜和专制独裁。

不论权力型领导还是权威型领导,都只具有硬性领导力,而只有魅力型领导才具有“软实力”。西方把这种“软实力”叫做“影响力”,在法治健全、民主监督的社会中,对这样的“软实力”则更为看重,反而权力型和权威型领导在法治和监督面前,不仅少有用武之地,甚至会适得其反、身陷囹圄。麦克斯韦尔说“领导的本质就是影响力”“衡量领导力的真正尺度是影响力”“如果有个人声称自己有领导力,不要轻信他的言辞,不要看他的资格证书,也不要看他的头衔,只要看他的影响力”。只有具有这种“软实力”的领导,才是真正具有领导才能的领导者。中国传统文化把这种“软实力”称之为“天爵”,仁义道德是“天爵”,权位官职是“人爵”。孟子讲“古之人修其天爵,而人爵从之”。不断提升道德修养,自然会有为官从政的影响力。古今中外,义理相通。

但这种“软实力”不是靠上级授予的,也不是职务和权力带来的,而是领导者通过自身努力、日积月累的结果。这就回到了孔子对季肥的那番话,不能把眼睛盯着民众和下属,而要眼睛向己、刀口向内，凡事多问一个"我做到了吗"，不断提升自己的德行修为和能力素质，以期立身为旗、以上率下。就如金一南将军在比较共军和国军时说的，国军是"兄弟们，给我上"，共军是"同志们，跟我上"，一字之差，境界云泥，领导者当学战无不胜的人民解放军！

反观今日，有些身居高位者，不懂得德行修养不会随着职务提升而提升，反而会随着职务提升更易于出现德不配位的道理，以为自己职务比别人高了，有了居高临下、颐指气使的资本。这种骑上马就以为自己很高，殊不知下了马，该多高还多高。不懂得罗帅说的这个道理，离"落马"也就不远了，为政者当引以为戒。

为官者当持守善良

名将岳飞曾说:“一个人如果在内不能孝敬父母,在外岂能忠于国家?”在宋朝南渡以后,岳飞与母亲失散,母亲陷于河北。岳飞先后十几次派人寻访,才最终把母亲接到南方。母亲身患疾病,每次喂药进食,都由岳飞亲自服侍。母亲去世后,岳飞悲痛难支,三天水米没有入口。他准备护送母亲的灵柩回乡安葬并遵照中国传统的礼制规定为母亲守孝。但当时因为军情紧急,朝廷诏令他停止行丧,恢复职务。史称岳飞“至孝”,但在国家需要的时候,他依然强忍丧母的悲痛和不能行孝的愧疚,回到军营继续从事抗金的大业。为了褒奖岳飞的赤胆忠心,宋高宗曾手书“精忠岳飞”四个大字,并制作成旗帜赐给他。在与金兵的交战中,岳家军的“岳”字旗与“精忠”旗交相辉映,使敌人闻风丧胆。

《论语》里面有这样的对话:或谓孔子曰:“子奚不为政?”子曰:“书云:‘孝乎惟孝!友于兄弟,施于有政。’是亦为政,奚其为为政?”有人对孔子说:“你什么不从事政治呢?”孔子回答说:“《尚书》上说,‘孝就是孝敬父母,友爱兄弟。’把这孝悌的道理施于政事,也就是从事政治,又要怎样才能算是为政呢?”

张居正解说,此节对话可能发生于鲁定公初年,当时季氏擅权,其家臣阳虎作乱,孔子及其思想得不到尊信,所以孔子也不愿意轻于求仕。但孔子的想法又不能直接说出来,所以孔子以托词回答问话者。不过即便是托词也表达了孔子的一贯政治主张,更是针砭时弊。孔子的话,意有所指,因为鲁定公的哥哥鲁昭公,被季氏等三家权臣驱逐,在齐国、晋国流亡七年,最后死于晋国。之后三家立了定公为国君。鲁定公没有治三家驱逐国君之罪。所以孔子暗讽说,他要能孝悌,政治自然就好了。而且,除了孝悌,还有什么政治呢?不过,话又说回来,鲁定公后来倒是重用了孔子。

什么是政治呢?孔子说:政者正也。也就是说自己行的正,是最大的政治。在孔子看来,家事连着国事,事事都是政治。所以修齐治平,“其为人也孝弟,而好犯上者鲜也”,并由此推演出“一屋不扫何以扫天下”“求忠臣于孝子之门”。李泽厚说,这种由家而国的“伦理”追求,伦理即是政治。父子、兄弟、夫妇并非只是个体家庭成员的私人关系,而是一种政治体制和规范。这一影响至今尚存,比如在德才兼备用干部时,就强调官员的私德,有时不孝敬父母、夫妻关系不好都可能会成为否决提名的理由。

孙中山先生说:政就是众人的事,治就管理,管理众人之事,就是政治。从孔子到孙中山,代表着中国人眼里政治的演变过程。到中山先生那里,政治就成了公共的事,与个人的私事家事区别开来。这就比较接近西方的政治概念,也可视为西风东渐的产物。本身“政治”“政党”,甚至“共产党”等与政治相关的词语也就是西方经日本传入我国的。所以在美国会出现作为总统的克林顿出现私德问题,而民众最终选择原谅他,这在重视官员私德的中国、日本等地,是不可想象的。

那么,在政治的内涵发生深刻变化后,这句话还有没有意义呢?还是有的,正所谓"百善孝为先",孝敬父母是人善良的底线,而从政者当然要持守善良。佛家讲:诸恶莫作,众善奉行。善是佛家的核心价值元素。儒家讲:仁者爱人。仁爱为本。道家讲:一曰慈,二曰俭,三曰不敢为天下先。视慈爱为宝。再到"全心全意为人民服务""以人民为中心"。这其中都离不开人的善良,在政治上就是除恶扬善。

为政者拥有权力,掌控着社会资源,可以做一般人做不了的事。如果善者当权,那权力赋予他就是快马加鞭,而如果他是个恶人,那权力对于他就是助纣为虐。所以,选人用干部有很多标准,但第一道关口就是分清是善者还是恶人,是好人还是坏人,是君子还是小人。如果是恶人、坏人、小人,再大的本事也不能重用。因为,恶吏、酷吏当道必然是政治灾难,汉代的侯封、宁成、义纵等十大酷吏,唐代的周兴、来俊臣、索元礼等酷吏,都是前车之鉴。用这样的人,无异于饮鸩止渴,换不来长治久安,带来的只能是众叛亲离,君不见那些《罗织经》《小人经》等酷吏"方法论",整人都理论化了,真让人后背冒汗、心底发凉。

同样,在政治活动中,也要注重有利于张扬人性善的一面,而遏制人性恶的一面。曾经连绵不断的政治运动中,号召人们大揭发、大批斗,专门揭露人和社会中最黑暗、最隐私、最丑陋的东西,那不是在扬善,而是在扬恶。有些人在这种环境中长期浸染,人性都扭曲了,直到今天也没正过来,所以才有"坏人都变老了"的调侃。但即使面对那些冷酷无情的政治生态,有些人依然表现出善良天性和与人为善的品格,让人由衷敬佩。"观操守在利害时",每一次政治运动和风暴风波都是检验人性、标注善恶的分水岭。但真的要用这种方式来分出好坏吗?那种以人整人的模式若还不改变,一旦内化为畸形的思维定势,人性的恶将无限放大,滔天的恶浪也将吞噬正义、吞噬善良,直至吞噬一切,须知好的政治生态,必然是能够让人持守善良而远离邪恶的生态。

不过,"善恶终有报",也许有人认为这是迷信的因果,但确是逻辑的必然,不信且看那些为恶者能有几人得以善终。

没有道德谈什么政治

民国期间有一位老人请人看宅地风水，当他领着风水先生去宅后的山坡时，却突然停住了脚步，风水先生不解。老人说，那山坡是家里果园，刚刚看到那边有鸟儿飞起，必有孩子在偷果子。如果此时我们走过去，孩子紧张，万一从树上跌下来受伤，就不好了。风水先生听后作揖道别：先生，您这样仁善的人不必看风水，您在哪里，哪里就是好风水！

孔子说：人而不仁，如礼何？人而不仁，如乐何？意思是：人如果没有仁爱，讲什么礼？人如果没有仁爱，讲什么乐？仁是孔子学说的核心，代表着发自内心的爱，是心中的一份真情实感。这样的一种真实情感，表现为仪式文辞，就是礼，和之以音乐舞蹈，就是乐。礼和乐是外在形式，都应以内在心理情感为真正的凭依。否则只是空壳和仪表而已，形式也就变成了虚伪的形式主义，没有了实质内涵。

孔子所处时代的大问题是，周公制定的礼乐的形式尚且完好，但存在普遍的僭越。诸侯大夫也都敢享用天子规格的礼乐，孔子指出这样的僭越在于内心的“忍”，也就是不仁。内心不仁，则礼乐徒具形式，根本不能发挥其规范约束、塑造人格、和谐关系的作用,政治秩序几近崩溃。同时,这种对礼乐的任意僭越,更是对礼乐精神的侵害,华美的礼乐反而成了伤害“仁”的工具,这也是孔子所不忍心看到的。

但孔子伤心得太早了,打秦汉那会儿开始,政治领域这种礼乐与“仁”渐行渐远,异化成为君主集权专制统治的“遮羞布”,就再也没有统一过,“儒表法里”成了统治的标准范式。“百代都行秦政制”,“秦政制”从理论到实践都极端反儒,儒家成了高高举起的旗子,法家才是政治统治的灵魂。儒家以性善论为基础,以伦理为原则建立起来的一套“仁”为核心的思想体系,一直是挂在嘴上说的口号;而法家以性恶论为基础,以权力为原则建立起来的一套“法”为核心的制度体系,却被历朝历代奉为圭臬。由此带来说的与做的矛盾状态,足以让官僚体系人格分裂,至今也不能说完全修复,人而不仁,谈何礼乐。

当然,对孔子和儒家思想的思考,要从政治与文化分离出发,将儒家思想从以意识形态的定位中摆脱出来,而且今天不再以儒家作为主流意识形态,也具备了这样的基础。不能因为历代王朝那种言行不一的意识形态,就把儒家思想否定了,让儒家回归到作为文化作为信仰的本来面目和状态。这样再来探讨以“仁”为核心的思想,就可以客观得多。

仁与礼乐的关系,就是道德与政治的关系。孔子看来,道德在政治之前,当官本身要清正廉洁,以“仁德”为本,也就是“选贤与能”“贤者居位”。所以清朝雍正年间,有个“不识时务”的“迂腐”官员叫曾静,他发表了一番“宏论”:“春秋时皇帝该孔子做,战国时皇帝该孟子做,秦以后的皇帝该程朱做,明末的皇帝该吕子做,但都被豪强霸占去了。君儒最会做皇帝,世路上的英雄哪晓得做什么皇帝?”可以想象在以君为师、天子座下尽是奴才的大清朝,雍正皇帝估计肺都快气炸了,在他的《大义觉迷录》中直接骂为“狂怪丧心之论”。但他还是克制的,为了显示自己对读书人的宽宏大量,让曾静活了几年,最终乾隆皇帝还是气不过,杀了曾静。这也足见王朝史上的那些帝王为了维护“家天下”的政治安全,对儒家的真实态度。

今天,我们重新学习孔子和儒家,重在倡导那种“天道”高于君命、儒为王者师、信仰高于权位的观念,涵养“从道不从君”的独立人格追求。让人性接受道德约束,以德服人、以德修身、以德养人、以德为政。同时,要把道德落实到制度和法规中去,使道德成为法律的基础。

宾西法利亚大学的校训——“法无德不立”。不得不承认,文化的本质是相通的。人同此心,心同此理。

中国人的皇帝情结

新中国成立后,还有多人“称帝”。第一人石顶武,于1947年建立“大中华佛国”,在1947年到1953年其间称帝,并图谋叛乱,被人民政府果断处决。第二人曾应龙,于70年代末80年代初登基,反抗计划生育政策,并在农村立国,自称皇帝,人民解放军得知情况后,立即反击,结果曾兵败被俘。第三人朱仕强,于1980年在大巴山自称皇帝,称帝仅七日,就被村书记带人“灭国”。第四人林文勇,于1980年同朱仕强一样在大巴山建立圣朝国,做了两年土“皇帝”之后,被县公安局镇压。第五人丁兴来,于1981年在大别山创立道德金门教,随后称帝,并封了“正宫娘娘”“西宫娘娘”“宰相”等21个人,赐其“仙印”41枚。由于当时大别山部分地区交通闭塞,直到林兴来称帝后十年(1990年)才被发现,于是乡政府派人进行打击。让我们想不到的是,丁兴来,是一个盲人,可谓中国第一个盲人“皇帝”。第六人曹家元,于1982年在地处大巴山自称玉皇大帝,可谓天上人间归他管,唯他独尊,可不久就被政府处理。第七人张清安,于1982年在大巴山建立中原皇清国,私刻“玉玺”,设立“后宫”,“丞相,文武百官”,并打算定都巴中县,而且写好了准备寄到台湾要册封蒋介石为“威国王”的“谕旨”，还准备“御驾亲征”，结果被县公安局给剿灭了。第八人石金鑫，是石顶武儿子，1983年在“丞相”李丕瑞的“辅佐”下登基，于湖南醴陵农村“复国”并称帝，被县公安局镇压。第九人晁正坤，是个女的，幻想做武则天第二，于1986年在地处胶东半岛建立大圣王朝并自称女皇。两年多时间里，行巫术、招童男、建“后宫”，后来被县人民政府镇压。第十人李欲明，为李成福之子。李成福于1990年在地处豫西地区，自建“起义军”，自称唐朝后裔，企图以农村包围城市的战略方针复辟唐朝帝制，然后定都西安。后来，只被乡派出所3名干警消灭了。继后，村民立李成福儿子李欲明为帝。李成福的妻子自称“太后”施行垂帘听政，设立“丞相”，修“皇宫”。后来全国人口普查时被发现，公安干警立即对其进行剿灭。

季氏旅于泰山。子谓冉有曰：女弗能救与？对曰：不能。子曰：呜呼！曾谓泰山不如林放乎？这句话中“旅”一说是祭告的意思，季氏去祭拜泰山。南怀瑾老师说，“旅”是打猎，就是季氏借口去打猎，但这是假的，实际上他是想造反，到泰山去祈祷神的保佑。祭泰山，这是不得了的事。按规矩，天子祭天地，诸侯祭境内山川。那么只有鲁国国君才有祭泰山的资格，季氏是大夫，他去祭泰山，就是僭越。泰山地位特殊，后世皇帝如果没有特别巨大的文治武功，都不敢去祭。所以季氏不仅僭越了鲁国国君，甚至僭越周天子。

季氏干出这种违礼之事，当时孔子的弟子冉有是季氏的家臣，孔子就问冉有：你不能劝阻他吗？冉有说，他主意已定，我劝阻不了。孔子很伤心地说:天哪!难道泰山之神还不如林放吗?因为,前文提到林放问礼之本,再上文,孔子还说不是你的鬼,你不要祭拜。若信泰山之神,就要以礼相待。神不享非礼,聪明正直如泰山,难道林放都明白的道理,泰山之神还会不知道吗?他能享用你的祭礼吗?他能护佑你吗?

季氏当时位高权重、如日中天,完全不知道自己姓什么了,所以他就不把国君之礼、天子之礼放在眼里,僭越之事是他内心狂妄自大、不可一世的外在,也是其心无敬畏、不仁不义的表证。

翻开历史,这种僭越比比皆是,且不说礼仪上的非礼,就连皇帝的宝座也是人人想坐。这就形成了一个烧脑的悖论:一方面古代中国皇帝的权力之强、组织之严、制度之密举世无双,所谓普天之下莫非王土、率土之滨莫非王臣,皇帝生杀予夺大权在握,君要臣死臣不得不死;但另一方面想当皇帝的人之多,也是举世无双。不仅皇亲国戚、高官权贵有这个想法,就是市井耕夫、贩夫走卒也有这样的"鸿鹄之志",甚至流氓无赖也想着"杀到东京夺了鸟位"。有道是:皇帝轮流做,如今到我家。

从古埃及直到后来的欧洲、日本诸国都没有造反的民众争着当皇帝的风气,甚至我国藏族、傣族和维吾尔族等土司制或神王制下,也没有下层民众造反称王的现象。反而在以"有文化"著称的汉族,上下各阶层都不乏做皇帝梦的。即使是以暴政著名的"暴秦"统治下,平民陈胜都敢说"王侯将相宁有种乎"、贵族项羽更想"彼可取而代之"。由秦以下,除了皇族内部的权力斗争,彻底地政权更替往往都源自"造反"。

这背后的原因当然是多方面的，恐怕也是至今没有定论的谜题。但“乱自上始”却是必然，“家天下”的体制让政治的安全性要远远高于政治的正义性。对于皇帝来说，“国破”就意味着“家亡”，保住自己的身家性命比什么都重要。在这个基础上，才去标榜自己是“天之子”而做出“爱民”的样子。

通观历朝历代皇帝都声称以儒为师，行孔子仁爱之道，以自身的道德引力让众星拱之。但我们看儒家的理论，是“君君臣臣，父父子子”，本质上是君臣之间的一种“契约”。君有君的样子，才能要求臣有臣的样子，君不君则臣也就可以不臣，所谓“上梁不正下梁歪”。但帝王在尊儒的同时，私下里行的都是法家，根本不相信什么“民本”思想，而是主张不管君怎么样，臣都要有臣的样子。同时，建立了严刑峻法，以威逼利诱让民众臣服，行所谓的“仁政”只是笼络人心，也就是拉块“遮羞布”罢了，目的是“水”载舟而不覆舟，哪有几个帝王真的“以百姓之心为心”，真的以仁爱为信仰而行真的“仁政”呢？

皇帝变成了言行不一的矛盾体，那么这个“神圣”的皇位，也就只能令人畏惧，而不让人敬畏了。“闻诛一夫纣矣，未闻弑其君”“民为重，社稷次之，君为轻”。真实的传统里，人们之所以尊崇皇帝，与其说是基于信仰，不如说主要是摄于“法术势”。没有信仰的体系是不能长久的，一旦有机会，就会上演山崩地裂的活剧。

心诚，则灵！

美国总统的就职宣誓，要手按《圣经》，宣读誓词：我谨宣誓，将忠实地执行美国总统职务，竭尽全力恪守、维护、保障和遵守美国宪法。前美国总统奥巴马一共宣誓了三次，两次在白宫、一次在国会。三次分别用了三本不同的《圣经》，第一本是夫人米歇尔父母用的，第二本是林肯用过的，第三本是马丁·路德·金用过的。《圣经》代表宗教信仰，宪法是治国之本。圣经和宪法，是总统的天条，不可逾越。三本《圣经》来自不同的人，分别代表家庭、自由和民权运动。

子曰：禘自既灌而往者，吾不欲观之矣。或问其禘之说，子曰：不知也。知其说者之于天下也，其如示诸斯乎！指其掌。禘，谛也，是祭祀之名，周王和诸侯所举行的一种重要的祭礼。所谓“谛”，也就是仔细审视辈次排列规则和次序。先帝驾崩，三年丧毕，新主为之立庙，入庙之前，先入太祖庙，将其与以前的历代祖先一起合祭，让刚去世的先帝在列祖列宗面前报个到，也排个队，这叫昭穆制度。以后每五年都合祭一次，也称为禘。这句话的意思是：孔子说禘祭上，在酌酒奉神之后，那些仪式我都不愿意继续观看下去了。有人请教“禘”的意义，孔子说:不知道!如果知道了禘礼的学问,那么治理天下,大概也就和把东西摆在这里一样吧。一边说一边指着自己的手掌。

那为啥孔子说禘礼他看不下去呢?因为只有天子才有资格行禘祭,诸侯是没有这个资格的,做了就是非礼,就是僭越。周公旦因为有大功劳,他去世时还没到庄稼收割,暴风挟雷,把禾粟扫荡干净。据说这种天象在武王发崩的时候也出现过。于是查阅记录,发现了周公祈祷让自己代武王受难的记载。周成王很感动,下令让周公旦的鲁国拥有郊祭文王的资格,可以在鲁国的周公庙举行禘祭典礼。

先有敬,后有礼。所以,鲁国君臣如心中真有诚敬,能够体会周公旦的"鞠躬尽瘁"的赤诚之心,体悟周成王和天下百姓对周公旦的爱戴之情,他们就该追随周公旦,恪守君臣之礼,而敬天子,更应该祭拜周公旦,而不是为了虚荣的禘礼,行僭越非礼之事。心中没有诚敬,礼上只有虚文。在孔子看来,鲁国君臣不仅非礼,而且在禘礼进行中,也没有按照仪式的规矩来进行,丝毫没有庄严肃穆,真诚敬意,所以孔子说他根本看不下去了。

但是,为什么别人问他禘礼的时候,他又回答"不知道"呢?我认为他说的是气话。从他紧接着说的话来看,孔子不仅知道禘礼,更知道每一项背后的意义,以及所蕴含的价值观。

儒家倡导以天为则、以史为鉴、以民为本。历代帝王表现出尊儒为师,所以说"天赋君权",自称"天子"。因此也要敬天,敬天之礼是最大的礼,一旦天有异象,便要检讨反思。但以史为鉴却更多的是"以祖为鉴",所以有人说是祖先崇拜,要对得起列祖列宗,到了清末,慈禧太后最怕的就是死后怎么面对列祖列宗。价值观要靠仪式来体现。皇帝重视“天”、重视“祖先”,就要整出一套看上去高大上的仪式来,显示自己的重视,让“天”看到“他的儿子”是听话的,所以就别换人了;让“祖先”看到“自己的子孙”是称职的,没有把祖宗的江山当儿戏,所以得保佑他。

当然,儒家还有个以民为本,“天视自我民视,天听自我民听”,但皇帝老儿嘴上说,心里是不太当回事的,一介草民算个什么?顶多是你别影响我的江山社稷就行,“水载舟,别覆舟”。前两条却是真的怕,不过说到底还是怕一家一姓的王朝别搞没了、怕自己的荣华富贵别搞没了。所以,他们对上天负责,对自己祖宗负责,就是不对百姓负责。把百姓当成载这个“舟”的“水”,变成了工具,到了关键时刻,必然巨浪滔天。所以,王朝史上的改朝换代,绝大多数都是国家遇到“大事”后,皇帝不顾百姓死活,把百姓“逼到墙角”,最后“官逼民反”,改朝换代的程序也就启动了。

礼来自于巫。礼仪的一举一动都是神圣的符号,是一群人的精神起点,也是一个民族的神话原型。它连着我们的信仰,深深铭刻于人们内心最神圣的地方。信仰的力量是不可估量的,这个力量就藏在每一个坚定执着的内心。但这个力量却又是傲慢的,只有内心充满着诚敬,把它高高举过头顶,它才肯焕发出来。

一旦生发,无坚不摧。

历代帝王没有以百姓之心为心的信仰和价值追求,所以也没有越过改朝换代的循环。1944年,毛主席说共产党人要“为人民服务”。共产党人看到了人民中蕴含着伟大的力量,每个公务员就职时,都要手按《宪法》宣誓,“全心全意为人民服务”。

心诚,则灵!

做好人再做好官

灶神,全衔是“东厨司命九灵元王定福神君”,也就是厨房之神。“灶王爷本姓张,摇摇摆摆下了乡。白天吃的油盐饭,晚上喝的烂面汤。岁末上天言好事,年初下界降吉祥。”这首民谣来自张单休妻的传说。从前有一个人,叫张单,字子郭。他的妻子叫丁香,为人勤劳贤惠、孝顺父母。张单不愿守在家里种地,就出门做生意。后来发了财,回家后竟嫌弃起自己的糟糠之妻来,一纸休书把丁香赶出了家门。第二年他又娶进一位名叫海棠的妓女做老婆。由于海棠生活挥霍奢侈,而张单在外又吃喝嫖赌,很快家道败落。后来的一场大火又将家里的财产全部烧光,海棠也改嫁他人。从那以后,张单只得靠乞讨度日。有一年的腊月二十三,他要饭时竟然要到了自己的原配妻子丁香的家里,面对善良的丁香,他羞愧难当,无地自容,一头钻进炉灶里,说什么也不肯出来,被活活憋死了。后来玉皇大帝把张单封为灶王。

王孙贾问曰:与其媚于奥,宁媚于灶。何谓也?子曰:不然,获罪于天,无所祷也。王孙贾是卫国的大夫,也是权臣。奥,本义是室内的西南角,这里指屋内西南角的神。古时尊长居西南，所以奥神的地位比灶神尊贵些，是一家的家神。灶神就是开篇说的灶王爷，地位虽然很低，但上可通天，“上天言好事，下地报吉祥”，能决定一家人的祸福，所以才有“宁媚于灶”这样一句俗语，类似于“县官不如现管”“与其拜大王，不如拜灶王”吧。因为，大王离得远，小王管饭碗。

孔子在卫国很多年，卫灵公对他非常好，但一直也没有得到重用。所以这句话有两种解读：一种是说王孙贾在讽喻孔子，你拜卫灵公没用啊，你应该拜我啊。这种解释说得通，卫灵公是个昏君，不太管事，宠爱美女南子，但卫国在他当政期间治理得还是不错的，主要得益于他用了三个大臣：仲叔圉、祝鮀、王孙贾，三人之间合作不错。卫灵公谥号“灵”就是“不勤成名”的意思。不怎么干活，但结果很好！看来这个卫灵公也许是“大智如愚”呢。

他请孔子去，给他的待遇在鲁国一样，孔子在鲁国是“摄相事”，就是代理宰相，卫国给他的待遇不低。但最终也还是没有用孔子，可能是王孙贾等人的排挤。这么说王孙贾说这句话，是暗示孔子要依附于他，但孔子拒绝了。

第二种解读是王孙贾讽刺孔子见南子。“子见南子”历来让很多人想入非非，连子路都为之责难老师，害得孔子连连指天发誓。当然，王孙贾这里不是说孔子与南子之间有什么绯闻，而是说你去见南子是不是想拜灶神啊？

但孔子说，不对！获罪于天，拜谁都没用！正气凛然！我只依凭天理，依凭良知，依凭是非去做，既不靠大王，也不靠小王，我靠的是天道仁心。这是儒家一以贯之的价值观，君子不器。君子贵在有独立的人格和价值观,“大丈夫行事,论是非,不论利害”。

但是,利害面前,是非难分。很多人都在推崇马斯洛心理学中人的需求理论,把需求分成生理需求(Physiological needs)、安全需求(Safety needs)、爱和归属感(Love and belonging)、尊重(Esteem)和自我实现(Self-actualization)五类,依次由较低层次到较高层次排列。只有低一级的需求实现人才会有更高一级的需求。

这个理论在中国的大行其道,恰恰为“小人”“精致的利己主义”背书。所谓“欲壑难填”,什么时候才能算需求满足了?如果我认为没有得到满足,我就可以名正言顺地不断揽取利益,而丝毫不会不好意思,如此该是多么可怕的事!比如最低级的生理需求:这个层级的需求是最基本的生存需求,也就是能够维持人活下来的需求,反映在生活中就是食物、空气、饮水、睡眠、保暖衣服、居住等。我想知道谁敢说自己的这些需求完全得到了满足?如果有哪一项没有满足,我就可以不去追求道德、不去实现爱与尊重吗?君子当然不会,小人却可以堂而皇之了。

中国人把神仙世俗化为实现个人需求的工具,商人拜关公、木匠拜鲁班、风水先生拜姜子牙、怀不上孩子拜观音菩萨,连古时候的妓院也有管仲可以拜。正可谓“行行出状元”。

真的可以只拜主造的物,不拜造物的主吗?

如此世间哪有是非,没有是非何来天理,没有天理还能生存吗?但是,小人不管这些,他只看自己的利益实现了没有。

实现了,哪管它洪水滔天。没实现,就必须洪水滔天。

所谓“观操守在利害时”,多少人利害面前没了操守。不用借助历史,环顾今天的官场,为了利益寻找靠山,搞人身依附,依然是屡见不鲜、始终难以根治,看来这病的根子在孔子那会儿就有了。所谓“塌方式腐败”,其另一面就是“码头文化”“利益至上”“一人得道鸡犬升天”。

回过头来,再看孔子的回答,足以响彻历史天空,直至今日仍然振聋发聩。儒家讲“从道不从君”,几千年文脉不断、斯文不灭,与孔子的这点倔强的基因不无关系。孟子有舜负父逃亡的推论,宋有“濮议”,明有“嗣统”,等等,都是儒家士大夫与皇帝争道统的著名事件,虽“杖死”而不退让。

孔子说,官可以不做,人不能不做!

把下属当老师

一日,孟子准备朝见齐王,碰巧齐王派人传话:“我本应来看你,但因寒疾不能吹风,所以来不了。明日早朝,不知你能否来见我?”哪知孟子也托病,称无法上朝。第二天,孟子却外出吊丧去了。大夫景丑不理解,抱怨孟子做得不对。孟子答道:“将大有为之君,必有所不召之臣。”并认为,如果有什么事要商量,君王应亲自去臣属处讨教,尊德乐道的君王,这点都做不到,就不足以同他有所作为。

子曰:事君尽礼,人以为谄也。定公问:君使臣,臣事君,如之何?孔子对曰:君使臣以礼,臣事君以忠。这句话的意思是:孔子说我事奉国君,只不过尽到了我的礼仪本分和规矩,别人就说我谄媚了。鲁定公就问:国君用人,和臣子事君,该是什么样子呢?孔子说:国君对臣下,要合礼;臣子对国君,要忠诚。

为什么呢?当时鲁国权臣当道,公室衰微,大家都不太讲规矩,朝堂上、平日里,也都很随便。孔子坚守礼仪,还是守着君臣之间的老礼儿。对国君尽到了应有的恭敬,但同时其他人都把这些礼仪不当回事,孔子便成了另类,在别人眼里,孔子就有了谄媚之嫌,“潮水褪去,石头便露出来了”。君臣之义,君的本分是礼,臣的本分是忠。一问一答,道出了儒家的政治理想,直至今日仍然余音绕梁。鲁定公对鲁国的现状不满意,想从孔子那得到如何改变的方法,问的是方法论;而孔子告诉他的是君臣该有的道德,答的是价值观。如此,高下立现。

孔子看来权责要对应,所谓"君君臣臣父父子子",每个角色都有自己的"位"和"分",首先自己知道定位、尽好本分,才能去要求别人。行有不得,反求诸己。对方没做好,首先要在自己身上找原因,反思自己的本分尽到没有。这是日常生活中为人处世的原则,大家都能如此,世间当然充满和谐温情。比如"父慈子孝,兄友弟恭",父母付出了爱心的教养,才有子女孝道的反哺,两者是对应的。民间在"亲生父母"和"养生父母"之间,就有"亲身父母搁一边,养生父母大似天"之说。

政治领域也是一样,领导对下属待之以礼,敬之如师,那么下属就该尽到自己的本人,忠于职守。这两者之间是建立在道德之上的对应关系,不同于西方的契约,却也是权力制约的另一种途径。君与臣,上与下,礼与忠,经此点化,内涵焕然一新。

换个角度说,这句话于士人而言,那就是该有风骨。说白了,就是绝不为利益装孙子。因为士人代表了"道统",与国君所代表的"政统",是两个中心不同的领域,中国几千年改朝换代,政统更替频繁,但道统始终不断不灭,这一点在曲阜孔庙的建筑上体现十分明显。

孔庙由内而外不断扩张的,自孔子去世第二年,鲁哀公立宅为庙后,经汉朝扩建,魏晋修葺,至隋唐往后,历朝历代都有新的增建、迭修和完善,目前留下的规模即是明清全盛时期的规模。反观我国朝代更迭的历史和习性中，崇尚暴力革命，习惯于彻底消灭，至今留下的帝王宫殿，除故宫外难有全乎的。但唯独这曲阜孔庙不仅没有被破坏，反而逐步拓展，就连凶残的日倭占领曲阜时，于孔子墓前也鞠躬行礼、不敢造次。我想着恐怕就是文化的力量，“无用之用，是为大用”。这一层层的拓展，也是孔子思想及其创立的儒家文化的不断丰富发展，但一脉相承，两千五百多年文脉未断。与王朝更替的“治统”相对应的“道统”，始终让我们这个灾难深重的民族散而不失，无论被分割、冲击、挤压，甚至“失国”却总还能凝聚起来。

政统的中心是皇权，道统的中心是师儒。道统依托为道，比政统有更高的权威。用代表天道的道统，来抗衡君主代表的政统，最终从精神上驾驭政统，一直是儒家士人的理想。所谓“与士大夫共治天下”，直至今日知识分子仍然把宋朝作为理想的朝代，无非是皇帝给了读书人几分薄面。

但汉儒接受法家影响，强调“君为臣纲”以及后世“皇上圣明，臣罪当诛”，极度专制下君与臣之间没有了这种温情脉脉的默契和尊重，后世帝王对臣下、子民的欺侮凌辱，无所不至，君不见有明一代伏在大殿前被打的那一排排白花花的屁股。这样的扭曲与阉割，已经不符合孔子所主张的礼制了，但道高于势、德尊于位却一直留在士人的血脉中，虽经千年，薪尽火传，生生不灭。

今天回过头来学习孔子的这番道理，抛开政治理想不言，对我们一个团体一个单位也是有价值的。曾子讲：用师者王，用友者霸，用徒者亡。把下属当老师用的，能称王；把下属当朋友使的,能称霸;把下属当奴才使唤的,注定要灭亡。因为,在淫威之下君子“道不同,不相为谋”,只有小人才会愿意被呼来喝去,反复大浪淘沙的逆淘汰后,聚集在身边的便是一班酒囊饭袋,不走向灭亡还能怎样呢?

老子说:善用人者,为之下。善于用人的,都把下属供在上面。孔子所推崇的这样的君臣之义,也该是我们今天所讲的上下级之间该有的状态。每个团队的领导,要带领团队走向盛兴,都该有尊下属为“不召之臣”的气度、格局和胸怀。

写完了。突然想起毛主席的“甘当小学生”,我唠叨了半天,也没出毛主席说的这几个字。

致初心——代后记

“学而时习之,不亦说乎。”一部《论语》是中国文化元典,是儒家思想的核心著作。自传世以来,曾被尊为“五经之𬨎辖,六艺之喉衿”,可谓之中华文化的初心。

1998 年,我于那个山清水秀的小镇第一次以“舒文”这个名字,在市里的杂志某个页脚,发表了一句话。从那时开启了自己的梦想。也是在那里,我遇到了足以影响我一生的师友,那是初心生长的地方。2008 年,我第一次真正走上工作岗位,开始了长达十一年的政治机关工作,后来我尊敬的领导说“政治工作是以文理政,以文辅政”,而文的背后是理和道,工作的过程也是求道的历程。2018 年,第一次接受洗礼,于困顿之中,与《论语》结缘,那句“上失其道,民散久矣,如得其情, 则哀矜而勿喜”,犹如一位温暖的老人,抚慰着悲戚的心灵,那一刻让我如触电般泪流满面。

“朝闻道,夕死可矣。”回望过往,那个小镇是我心灵的圣地,从懵懂中走来,初心一路相伴,从未改变。但正如高中毕业留言册上老校长给我写的寄语“前途是光明的,道路是曲折的”。在现实的摸爬滚打中,我也曾迷茫、彷徨、犹豫、迟疑,幸而在人生半程遇到《论语》,让自己的初心与文化的初心相连。两年多来我如走丢的孩子,回到母亲的怀抱,感受了脚踏实地的力量。得此初心,朝夕不离。

只争朝夕,不负韶华。人生不长,能有所作为的时间更短,如以十年计,超不过一个手掌。《论语》中所记录的孔子循循善诱的教诲之言,饱含着修身明德、体道悟道、为官做人的道理。每每读来,掩卷深思,感慨万千,我把这些感悟记下来,便成了这本小集子。这是六十余篇《论语》读后感,也是第一本读后感,我会慢慢把《论语》读完,慢慢记下自己的感悟,最后集成一套研学笔记。既是记录也是纪念,也希望能给同样喜欢《论语》的同学些许启发。

拙作集成之后,于我本人诚惶诚恐,久久不敢示人,幸得亦兄亦长的金宏斌博士鼓励,才敢付梓。书稿改定后,又呈我的老师,著名书法家、孔子七十四代孙孔可立老先生审定,孔老师给予我莫大关怀,亲自题写书名,并欣然作序,让我十分感动和感激。在书稿编辑过程中,有幸结识了江苏人民出版社许尔兵老师,除精心编审和设计外,还给了我很多修改意见,让我受益匪浅。在编写过程中,还有很多人的付出和努力,在此一并致谢。

不忘初心,方得始终。未来的路不论多长,有初心相伴,不会孤寂;未来的路不论多远,有《论语》相伴,不再迷茫。

是为记。

舒文录于江城左岸

2020 年 9 月 20 日